「殺戮不是終結仇恨的辦法……寬恕才是……」

— 紅袍戰記 · 撰寫者手札

紅袍戰記

周俊賢

STARK

人物介紹

Characters

橡倫，六十七歲

小紅帽的爺爺，相當有正義感且熱於助人，年輕時是皇族的護衛隊成員。

一手將小紅帽扶養長大。

法卡克，六十六歲

被人們稱為智者，博學多聞、沉穩果斷。

同時也是轉封隊伍的領隊者。

小紅帽，十四歲

個性天真單純，從一出生就被當成封印容器，從小到大都在不知情的情況下批覆著一件鎮壓狼王靈魂的紅色斗篷。

人物介紹

Characters

賈路，二十六歲

智者法卡克的徒弟，跟隨著法卡克學習如何帶領轉封隊伍以及轉封過程。

與艾力王子是從小一起玩到大的朋友，兩人常常的互相鬥嘴並挖苦對方。

艾力，二十六歲

貴為王子但個性漫不經心、喜愛美人。

常常把看上眼的女人當成自己老婆，由於未來必須繼承皇位，所以跟著轉封隊伍實際了解過程。

庫傑，三十二歲

薩滿族的勇士，滿腦子只想斬殺敵人，奪取殺敵數光耀族群，於是努力爭取代替薩滿部落，參與轉封行程。

人物介紹
Characters

狼王

狼獸人族的首領，兇殘無情且誓言消滅人類種族。

莉蓮娜

闇精靈族的未來領導者，個性冷酷、沉默寡言。

當今的闇精靈領導者為了延續參與轉封行程，所以讓下任的闇精靈領導者代表參與轉封行程。

耶妮亞，二十八歲

天資聰穎的薩滿族女性，也是相當罕見的年輕部落長老。

與庫傑一同接受到邀請而加入轉封隊伍，

瓦特

地精種族的首領，相當愛抱怨又很聒噪。

在偶然的機遇下遇見小紅帽，得知共同敵人是狼族狼王後，便與小紅帽一同前行。

目錄
Contents

Ch 1 撰寫者

夜色緩緩籠罩在一座少許人知曉的偏遠村莊上，廣場上行走的人群看見黑夜來臨便紛紛加快腳步，彷彿要趕在夜幕完全遮蔽住日光之前到達欲前往之地。

一道身影不疾不徐行走在廣場的街道上，身軀被比暗夜還更漆黑的黑色斗篷給完全包覆著，斗篷上緣連接著一頂黑色兜帽，大黑色兜帽將此人的頭部給覆蓋著，令人觀看不到其臉頰五官，也讓此人身形在黑夜的配合下更顯得神祕詭異。

時間一點一滴流逝，村莊街道上走動人群隨著夜色越來越漆黑而逐漸減少。進入到屋內的居民也趕緊將門扉關閉上鎖並熄滅燈源，彷彿在擔心如果太晚進入屋內就會發生事情似的。

身披黑色斗篷的神祕人緩緩來到村莊內最後一間木製房屋前，此時全村莊的燈光皆已熄滅，整座村莊內頓時陷入漆黑一片，唯獨面前這間小木屋仍點燃著一盞油燈放置在木窗旁，在燈源處還傳出一陣陣模糊不清的孩童嗓音。神祕人邁開腳步走上三階木製階梯來到木屋大門處，伸手緩緩推開木門走進木屋內，木門在此時也發出微弱的聲響，只見木屋大廳內一片漆黑，唯獨在大廳左方小木門底下門縫處射出些淡橘色的燭火光芒。

隻身上前來到房間門扉處，兜帽下的眼神閃爍著怪異光芒，右手從漆黑斗篷內掏出一把尖銳匕首，匕首劍身在黑暗中綻放出微微的藍色光芒，左臂正欲推開門扉闖入時，忽然聽見門扉後方傳來一陣孩童的聲音……

「奶奶！說故事！說故事！」小男童躺在木床上拉起羊毛毯覆蓋在身上，只露出滿臉微笑瞇著眼睛的可愛臉龐。

「咯……呵！」木床邊的小搖籃裡發出一陣嬰兒笑聲，這名嬰兒在搖籃內雙手不停的在空中揮舞著，胖胖白皙的雙腿也不斷在上下搖晃著，彷彿在附和躺在木床上的男童。

「夜幕已經降臨，該熄滅燈火就寢休息了，怎麼還吵著想要聽故事呢？」老奶奶嗓音帶點滄桑，緩緩的向前走到木製搖籃邊。

「奶奶好久沒講故事了，我不管！奶奶今夜一定要講個故事給我聽才行，不然我就不睡覺一直睜眼到天明。」男童在木床上嘟著嘴一臉不悅的表情。

老奶奶來到搖籃邊望著搖籃內的嬰兒，嬰兒看見老奶奶的和藹臉龐便張嘴微笑，雙手雙腳也揮舞的更加劇烈。看見搖籃內的嬰兒笑得如此燦爛，腦海中的記憶也點點滴滴浮上心頭，伸出雙手抱起搖籃內的嬰兒坐在木床邊上對著男童緩緩說著：「在很久很久以前，在遙遠南方大陸上有一座失落孤立的山峰，在這座高山內居住著一群名為『山穴居人』的人群……」

＊　＊　＊

諾亞大陸南方有一片迷霧森林，森林裡終年白霧瀰漫、紅樹密布。紅木樹林間迴盪著黃鶯般的鳥叫聲、清脆高響。樹叢中還不時傳出陣陣沉雷般的蛙鳴聲，樹蟬也在紅樹皮上鳴叫了起來，萬物在森林中編織出只屬於牠們的交響曲。

一陣陣急促馬啼聲破壞了昆蟲們的協奏樂章，墨黑馬蹄狠狠的將地面上黃土給刮起，並在一條由黃泥所鋪成的叢林小徑上烙上數道馬蹄痕跡。駿馬背上的身影似乎不眷戀當前景物，雙手輕甩套在馬頭上的韁繩，雙腿同時一夾拍打著馬腹，駿馬感受到背上主人的催促而放開腳步加快速度奔跑。

六匹褐色駿馬在樹林中疾馳而奔，棲隱在樹梢上的鳥兒驚嚇群飛，草叢內的樹蛙也趕緊停止了低鳴，灰白野兔也迅速鑽進樹叢堆裡的巢窩躲避。

月亮緩緩爬過漆黑天幕，六匹駿馬來到迷霧森林的出口處，為首駿馬受到主人的拉扯而停下了腳步，並發出嘶叫聲，只聞馬背上的人對著眼前山峰緩緩說出：「又經過了七年的歲月，你依舊是如此高聳雄偉、氣勢非凡。在那灰白的峰巒間是那樣變幻莫測！身軀在那月光的照映下更顯得傲然不屈！」

佇立在六人眼前的是一座巍峨山峰，由於山腳下長年被迷霧森林裡的白霧環繞，諾亞大陸上的人民因此將這座山脈取名為「白霧山峰」。

白霧山峰的東面山腳下有條溪河，這條大河彷彿是使用蠻力般，在黑暗的山脈中硬撞出一條河道來，冰冷溪水由白霧山峰內部溢流而出，再經由東面溪床流向迷霧森林裡的河道內供動植物飲用。

白霧山峰內有一群人也是同樣飲用此條溪水，這群族民在山脈內鑿挖山穴；供其棲身，他們遠離戰火之地，居住在這座位於地方邊陲的山峰內。他們挖煤礦當燃油，在山腳下種植食用蔬果，開闢溪水、河道以養殖鮮魚。族民們自給自足、天性樂觀，這群族民過得自由自在、與世無爭，人們稱這群人為「山穴居人」。

山穴居人在白霧山峰內鑿挖數條交叉縱橫的山穴隧道，並在其中二條隧道牆壁面上刻載著山穴居人的歷史文化，山穴居人就在這數條山穴隧道內出入走動。

一位年少的山穴居人在東面隧道內快速走動，壁面上的油燈在此時因為沒了燃油而熄滅，少年因突如其來的黑暗而停下了腳步，伸手摸摸腰際上的寬邊腰帶，並從腰帶內取出一個小紅木瓶子，順手拔出瓶口上木塞，將瓶內液體倒入牆壁上的燈座內，雙手從側邊口袋內掏出兩塊打火石，隨即將打火石朝著燈座內奮力互敲，碰撞敲擊所產生金黃火花瞬間引燃燈座內的煤油。燈座內立即竄出熊熊火焰，炙熱火舌還不時吞噬著燈座上的岩壁表面。少年看見黑夜已經被驅離，眼前之路清晰可見，於是繼續邁步向前快跑著。

少年在一扇由紅檜木所製成的門扉前停下，厚重的紅木門扉上下皆有用黑鋼鐵板固定包束著，門扉中央上畫有一面金黃色的盾牌，左右各有一把細劍與木杖以交叉方式貫穿整面盾牌，彷彿在金黃盾牌表面上畫上二條又細又長的交叉線。

「橡倫首領！您的老友已經來到，目前正在石穴大廳裡等候。」少年敲擊著木門說著。

「謝謝你！年少的勇者。不知能否再一次請求你去通知我的孫女，請她立即前往石穴大廳，我的老友會想看看我這位孫女身體近況。」門扉內傳出低沉緩慢的嗓音。

「我這就去前往通知。」少年回答後便立即離去。

木門被緩緩拉開，一道人影在火光的照映下逐漸呈現。「橡倫」是山穴居人的首領，身材瘦小、面容枯槁、頭頂蒼白；髮絲更突顯出臉頰上的歲月風霜。身著長袖棉衣、絲質長褲，左手臂腋下撐著一根紅木拐杖，用來支撐左半身軀的平衡。

「真是歲月不饒人，十四年的光陰一轉眼就過去了，我那可憐的孫女到現在都還不清楚任何事物。唉……我是不是太過於殘忍了，還是我太自私太愛著她，不忍心讓她得知這殘酷事實，不忍心看她用悲傷來渡過這短暫的一生。但是，該來的終究還是來臨了，為了諾亞大陸上的人們安危，儘管心有不捨但還是得坦然接受。」橡倫心中自忖著，撐起紅木拐杖行走在山穴隧道中，一跛一跛的背影被火光清楚勾勒出來，冷冷微風輕輕吹拂過削瘦身軀，拐杖旁的絲質褲隨著柔風飄逸而起。

「牆上這面旗幟也懸掛在此十四年光陰了。雖不如以往光鮮明艷，但也不失當年的氣勢。」石穴大廳內一名白髮長者凝視著石壁上的旗幟，長者擁有一雙睿智雙眼，慈祥柔和的臉龐有著蒼白山羊鬍，銀白長髮摻雜著幾縷黑絲，身穿白色長袍、黑高統靴，右手持握著一根由金屬製成的權杖，在權杖頂端鑲崁著一顆晶瑩透澈的翠綠水晶。

「是啊！我的好友法卡克，這面旗幟在十四年前就高掛在這，不曾動搖。也代表我已經在這山峰裡度過十四年的春夏秋冬了。」橡倫來到石穴大廳緩慢移動至法卡克身旁一同望著石壁上的旗幟。

「橡倫老友！你就如同旗幟上所畫得黃金盾牌一樣，堅固又難以刺穿。我猜想這把名為歲月光陰的箭矢，應該也難以刺穿你那穩固沉著的內心。」法卡克持續凝望著旗幟。

「法卡克好友！人內心是相當脆弱的。尤其是經過歲月無情的沖刷之後，軟弱意志便會開始慢慢腐蝕著身心，漸漸讓你從中體會出人世間的無奈。」橡倫表情沉重、雙目緊閉，失落情緒慢慢沉溺在這沉默氣息之中。

法卡克伸起雙臂將眼前石壁上的旗幟取下，低頭看著旗幟上的圖案。金黃盾牌上交叉著一把細白長劍與一根紅檜木杖，看著看著內心之中不自覺得起了肅然之意。雙手將旗幟緩緩的捲起來，捲收完畢後立即將捲好的旗幟遞至橡倫面前說道：「你希望留下此旗幟，還是要我將旗幟帶往聖城？」

「帶走吧！通通帶走吧！只要過了今日我就一無所有、了無牽掛。再存留著這些物品也是枉然。」橡倫語氣無奈的說著。

法卡克緩緩放下舉至半空中的右手說著：「我知道你對那小女孩產生了親情，但我希望老友你能以大局為重，相信你也知道這結果是無法避免的，唯有坦然接受並嚴密執行。畢竟這關係到整個諾亞大陸上人類族民的安危，如果你再一直猶豫不……」

法卡克話說至此就立即停止話語，雙眼直視著石穴大廳北側邊的半圓洞口處。

半圓形的岩壁缺口處佇立著一位女孩，一頭烏黑亮麗的長髮與蒼白面容形成強烈對比，細眉大眼、蔚藍雙瞳，兩片薄唇也少有血色，脖頸繫著一件紅色斗篷將身軀完全包覆著，紅斗篷下緣只露出一雙深紅色的高統長靴。

橡倫也隨著法卡克的目光往北側方望去，看見紅衣女孩便面帶微笑上前說道：「我的乖孫女！

來！向法卡克先生一行人打個招呼問個好。」

紅衣女孩並未回話，只是把雙手緊握著橡倫的右手掌，表情似乎有點畏怯，水藍雙眼掃視著大廳內座位上的陌生臉孔。

法卡克見紅衣女孩動作有所畏縮，眼光還不停注視著石桌邊的人群，便邁步走向大廳圓石桌旁指著一名彪形大漢說道：「這位勇士名叫『庫傑』來至東北方的叢林祕境；這個遠方的薩滿部落相當神祕，這族群裡的男人必須善於打鬥、驍勇善戰，而女人必須專心學習部落裡的古老祕術、世代傳承。」

庫傑聽完法卡克的話語後便起身對著紅衣女孩說：「小姑娘妳放心！妳的安危包在我身上！」說完便舉起右手掌往胸膛一拍。

紅衣女孩觀看此人面貌兇惡、聲震如雷，黑色短髮下有兩條又黑又粗的眉毛；圓頭大鼻、寬厚雙唇，臉頰下巴留著濃密的絡腮鬍。身上穿著短袖衫包覆不住經過長久鍛鍊而成的發達肌肉，厚實的胸膛看似要把短袖衫衣給撐破一樣，粗大脖頸間繫著一條由數顆動物尖牙所串成的牙骨項鍊。

法卡克移動身軀來到庫傑身旁的一名女子說道：「此位女子叫『耶妮亞』跟庫傑勇士一樣是薩滿族人。耶妮亞是部落裡的傳道女士，所以必須學習部落祕術與薩滿族的傳統穿著。耶妮亞這一生都必須要帶著薩滿族面具，藉此來表示對薩滿族神祇的最高敬意。薩滿面具將會覆蓋著整張臉頰，只露出雙唇與一小段下巴方便進食，面具上打兩個洞孔供雙眼觀看使用，雙眸之上鑲嵌著一顆桃紅寶石，面具頂端有兩根向上突出的羚羊角，而在兩根羊角之間還有插著象徵部落地位的潔白羽毛。」

耶妮亞起身不發一語的向紅衣女孩點一下頭便立即坐下。

紅衣女孩觀察到耶妮亞身穿黑色長袍，脖子上同樣繫著一條牙骨項鍊，纖細腰間繫著一條銀色扣環，扣環上的圖案貌似骷髏臉龐，面貌恐怖、陰森詭異。眼光移往土黃色的面具上，手指指著頭頂上的白色羽毛開口問道：「請問，三根白羽毛是代表何種地位呢？」

法卡克見紅衣女孩的膽怯之心稍有減緩，便立即微笑的接著說道：「三根羽毛代表的是高階祭司。一根羽毛代表一階，最高就是三階的高階祭司。每一位薩滿族的女士最終都要接受考驗。羽毛也算是能力高低的象徵，所以妳眼前這位女士可是位能力高深的薩滿祭司。」

「哇！這位姊姊好厲害！」紅衣女孩滿臉羨慕表情，彷彿眼前這位面具女子能夠呼風喚雨、無所不能。

法卡克再度移動身軀向左跨步，尚未到達耶妮亞的身後方時，後方這名男子不等法卡克介紹自己便趕緊起身說道：「我叫『艾力』從今天起！我手中的聖盾將為妳阻擋任何攻擊。從今天起！我手中的聖劍將為妳清除眼前任何阻礙。」

艾力金髮碧眼、五官端正，俊美臉龐散發出一股不凡氣息，穿著一身銀白盔甲，高高的頸護將脖子給緊密包覆著，手臂與胸膛間的交接處被許多金屬小圓環給覆蓋保護著，腰間到大腿間包覆著一件龍鱗片的金屬裙，雙腳則是被金屬長靴給防護著。

紅衣女孩一臉疑惑的望著艾力，彷彿不明白艾力的用意。此時站在艾力身旁的男子笑著說道：「王子的個性還是一樣猴急，眼前女孩對你所說的話充滿疑惑，等等還是讓法卡克老師來解說吧！」

艾力聽完轉身準備與身旁男子理論時，法卡克在此時也對著紅衣女孩接續說道：「說話男子名為『賈路』，妳看賈路身上穿著白色聖袍，金色大盾刻著細劍與法杖貫穿交叉圖案在他的胸膛與腹部間縱橫，這是聖城的修行旅僧標準衣著。賈路同時也是我的接班人，以後就是由他來帶領下一批的旅行者。」

賈路笑著說道：「我還很多地方事物要向老師您學習，再說老師的身體健壯，一定能帶領我踏上一段又一段的驚奇旅程。」

法卡克聽完後也跟著點頭微笑起來，舉起右臂在賈路的右肩膀上拍了兩下。紅衣女孩觀看賈路的笑容親切、語調溫和；一頭金色短髮、臉形略微方正，雙眉細短、玲瓏小眼，微笑起來一雙小眼便會瞇成一線、不見黑瞳。

法卡克左手指向牆角邊說著：「倚靠在牆角處的女士名為『莉蓮娜』是古老種族的後裔，莉蓮娜是被派來學習及觀察這次旅程，並讓這些新事物能在他們的種族裡得到延續。」

紅衣女孩看著法卡克所指的方向，大廳牆角處並無看見所說之人，向前跨出一步想看得更清楚時，牆角忽然顯現出一道黑色身影，嚇得紅衣女孩趕緊後退了二步，立即將身體縮躲在橡倫右側的身軀裡。

橡倫轉頭笑著對紅衣女孩說：「別害怕，來……妳看這位漂亮女士，她可是難得一見的闇精靈，多少人想一見闇精靈的美貌容顏都無法如願，今日難得能見到如此佳顏，妳應該要感到相當幸運才是。」

紅衣女孩聽見橡倫的話便緩緩探出頭來，眼前這道身影背部貼著牆面，左腳直立支撐著身軀，右膝彎曲腳底貼著牆壁，雙臂交叉橫置於胸前，低頭凝望著岩石地面。

法卡克看見紅衣女孩探頭觀望，移動著腳步來到自身座位後方說道：「莉蓮娜不擅於表達情感，還請大家多多見諒。」

艾力馬上接續大聲說著：「我不見怪！我原諒她！我一向對美女都沒抵抗力！」。

賈路在身旁冷眼說道：「只要對方是女人你都沒任何反抗能力吧！」。

「你胡說！」艾力反駁著。

大廳內眾人笑成一團，紅衣女孩在笑聲中安靜觀看牆角處的莉蓮娜，一頭漆黑長髮直達背脊，瓜子臉頰內的黯淡雙眸流露出冷漠情感，一對尖耳及挺拔的尖鼻；黑紫雙唇，臉部皮膚呈現黑灰顏色，穿著整套緊身黑衣長褲，腳穿漆黑夜行靴，曼妙身姿在緊身衣的勾勒下更為亮眼非凡，口中忍不住小聲說出：「這位姊姊好漂亮！」

橡倫笑著對紅衣女孩說：「爺爺沒騙妳吧！這位女士是不是容貌豔麗？」。

紅衣女孩對著橡倫點一點頭表示認同，隨即眼光繼續移到佇立在牆角處的莉蓮娜身上。

「好啦，遠道而來的客人都介紹完畢了，那我的乖孫女是否也該自我介紹一下呢？」橡倫右臂輕輕推著紅衣女孩，直到整個身軀被紅衣女孩擋住。

吵雜笑聲立刻停止，石穴大廳內除了牆角處的莉蓮娜外，所有人的目光皆投射在紅衣女孩身上。

紅衣女孩看了一下莉蓮娜後便將目光移至石桌旁的眾人面前，舉起雙手將放在脖子後方的紅色斗帽給帶上，深吸一口氣緩緩說出：「我叫『小紅帽』是一位山穴居人，在我身後的是我爺爺，我從小就失去雙親，是橡倫爺爺一手將我扶養長大。」

小紅帽說完便偷瞄莉蓮娜一眼，正好莉蓮娜也將目光移往小紅帽身上，在兩人四目交接的瞬間，小紅帽發覺莉蓮娜的眼神充滿著敵意，冷冽的雙瞳充滿著肅殺氣息，彷彿是在等待時機結束掉自己的性命一般，心中忽然湧起了一股寒意，趕緊低頭逃避那銳利眼光，雙唇緊閉不發一語。

法卡克見狀便立刻說道：「小紅帽！我們這群旅行者要去諾亞大陸的東北方，在那有一座雄偉輝煌的城堡，諾亞人們將這座城堡取名為『聖城』。但是我們尚缺一名撰寫者，負責記錄這次旅行的點點滴滴，不知小紅帽是否有意願當這位撰寫者，跟隨著各地聚集而來的旅行者，一同去探索這廣闊又神祕的諾亞大陸。」

小紅帽聽到法卡克的邀請後內心感到相當喜悅，畢竟自己從沒踏出過這座白霧山峰一步，自己非常好奇外面世界的所有人事物，光是現在眼前所見的眾人就讓自己感到驚奇萬分。微微揚起下顎並轉頭望著身後的橡倫爺爺，憔悴面容上有著幾分淡淡哀愁，額頭上糾結在一起的皺紋更流露出萬分不捨情意。於是回頭對著法卡克說：「我哪都不想去，我要留在這裡陪伴著爺爺。」

橡倫聽到小紅帽說出此話後心中感到非常開心，但仍是壓抑住自己內心喜悅對著小紅帽說：「爺爺不需要妳的照顧了，爺爺想讓妳跟隨著法卡克先生去聖城，藉此機會讓妳去觀看外面景物，假設妳再不趁此機會觀看的話，我想妳以後再也沒機會去探索新事物了。」

小紅帽見橡倫爺爺一臉惋惜表情又口出此言，便回應說道：「怎會沒機會呢？難道錯過了這次機會，爺爺以後就不會讓小紅帽離開山峰了嗎？」

橡倫望著小紅帽天真無知的臉龐，雙瞳漸漸感覺到有股暖氣湧入，眼眶內似乎要溢出淚水，雙唇也在此時微微顫抖著。「不行！不能讓小紅帽在毫不知情的情況下就失去生命，我這做爺爺的怎能如此狠心，就算會被整個諾亞大陸上的人們唾棄，我也不能讓小紅帽就這樣被白白犧牲掉。」橡倫心意已決，舉起右手放在小紅帽右肩上說：「乖孫女，妳注意聽爺爺接下來所說的話，這些話是關係到妳的過去及未來……」

法卡克查覺到橡倫已經受到親情的感性衝擊，心中已失去了顧全大局的理智，於是便趕緊插話說道：「小紅帽！妳爺爺已經答應讓妳跟隨我們去聖城旅行，相信這趟旅程肯定能讓妳受益良多，等旅程結束後妳再回到此地時，妳就會有很多故事經歷能跟年輕的穴居人描述這趟旅程是如何驚心動魄，外頭事物是如何的怪異奇妙。我將讓妳從聖城帶些物品回來贈予同族之人，而妳親身經歷撰寫而成的故事，也將成為洞穴居人口中的流傳故事。」

小紅帽聽完法卡克的言語後再度注視著橡倫爺爺，只見橡倫爺爺雙唇欲言又止、表情哀傷。正當想開口詢問橡倫爺爺之時，法卡克又搶先接著說道：「橡倫老友，你還是老樣子一點都沒變，還是那麼多愁善感，總是擔心身邊親朋好友的安危，我們會照顧好小紅帽，希望我的老友能夠慎重思考、顧全大局。」

這句顧全大局壓得橡倫無法言語，橡倫心中滿是掙扎，望著正向自己點頭示意的法卡克，心中滿是無奈。於是便雙眼緊閉緩緩說出：「我的乖孫女，聽爺爺的話，跟隨著法卡克先生一行人去東北方的聖城吧……」

「爺爺真的不需要小紅帽陪伴了嗎？小紅帽為何非要去聖城呢？」小紅帽詢問著橡倫爺爺。

法卡克慢慢走向小紅帽說道：「因為山穴居人需要新知識，用來教導下一代。由於山穴居人不曾走出迷霧森林以外的地區，長久生活在白霧山峰內部，與世隔絕的後果就是知識會與外界產生極大差距，以導致山穴居人無法得到更好的生活品質以及醫療常識。若妳願意跟隨我們一同前往聖城記錄當下的新知識並將其帶回白霧山峰，那將會大大縮短山穴居人與外界的文化斷層，再重新獲得醫療常識的幫助下，也會讓一些山穴居人的身體疾病得到改善。」

「新醫療常識能醫治爺爺的左腳嗎？」小紅帽好奇的問著法卡克。

「恐怕不能！但據我所知有替代物品能取代妳爺爺左手下的紅木拐杖，此物品能直接套裝在左大腿的肌肉上，再切截其長度與右腳同高，如此一來便無須再運用拐杖便能恢復以往正常行走的姿態。」法卡克回答著。

「那也能治好凱蒂阿姨的咳嗽嗎？」小紅帽繼續問著。

法卡克將眼光移往賈路臉上，賈路心中明白用意，彎下腰來在地面上的包袱尋找一番，從包袱中拿取出一小罐瓷瓶放置桌面上，法卡克走到桌面旁拿起小瓷瓶遞給小紅帽說：「那只是受了點風寒而已，不成大礙，你將此瓶內所裝的藥粉拿去給凱蒂阿姨加水服用，不出三日病情便會舒緩，且咳嗽次數定會減少許多。」

小紅帽望著眼前的小瓷瓶，心想山穴族民大都是以山腳下的植物作為治療物品，從沒見過這俗稱「藥粉」的治療物品，於是轉頭凝望著身旁的橡倫爺爺。

橡倫望著小紅帽說：「爺爺明白妳的疑惑，但這瓷瓶內的藥粉確實能緩和凱蒂病情，山穴居人的知識也確實不如外界居民，我希望小紅帽能代表山穴居人去聖城記錄知識，好讓山穴居人能獲得更好的生活與醫療常識。」

法卡克聽到橡倫說出這番話語便微微一笑，這一笑似乎在訴說著計畫已經成形，也彷彿在告訴在場眾人沒白白浪費時間來到此地。

「好！爺爺希望小紅帽去聖城，那小紅帽就會去聖城。」小紅帽對著橡倫爺爺說著。

法卡克緊接著說道：「小紅帽！你先將此藥粉拿去給凱蒂阿姨服用，然後回房內準備一下隨身物品與記錄用具，我們明天一早就離開白霧山峰前往聖城。」

「好！小紅帽代替凱蒂阿姨向你們說聲謝謝，謝謝大家所提供的藥粉。」小紅帽接取過瓷瓶後便立即前往凱蒂阿姨所居住的山穴房間。

「做得不錯！橡倫！我一度以為你會將事情給搞得很複雜，但最終你還是顧全了大局，真是令人感到欣慰。」法卡克對著橡倫說著。

只見橡倫閉目低頭、眉頭深鎖並無回話，此時大廳內眾人在明亮火光下討論著此次旅程中的細節……

【撰寫者手札】

我名為小紅帽，由於我從小就經常穿著一件比我身高還要大上許多的紅色斗篷，並長年戴著紅斗篷上的紅色兜帽，所以橡倫爺爺將我取名為「小紅帽」。

就我所熟知山穴居人是一群想遠離繁榮與爭鬥的人類所組成，這群人經過長途跋涉來到白霧山峰定居。白霧山峰是南方大陸上最高聳的山峰，此區地形險峻且長年濃霧，不熟悉地形很容易迷失方向、陷入險境。由於此地區不易被外人侵入發現，所以這群人就長久在此過著相當寧靜的生活。

從我有認知與判斷能力以來，橡倫爺爺就一直教導我要遵守著山穴居族的傳統文化。山穴居人從小便要學習如何挖掘山壁養殖魚類、互助關懷以及長輩地位間孝道與尊敬。

山穴居人也制定了許多法律明規，例如：天黑後絕對不能再踏出白霧山峰半步，因為夜色能令人容易在迷霧森林裡迷失方向。年長的長輩經常會告訴年幼穴居族人入夜後迷霧森林有多令人恐懼，藉此來限制一些年幼族人在夜晚裡的活動範圍。

每一位山穴居人都要對白霧山峰內湧出的水源給予尊敬。因為這條河水養育了歷代山穴族民，山穴族民每年都要舉辦三次對水源地的膜拜儀式，以表達山穴族人對這條溪河的感恩謝意。「飲水思源」一向是山穴居人的教育指標，就因為山穴族人都信仰著這個理念，所以族人之間不常引發紛爭。

山穴居人將歷史文化刻劃在石岩隧道內的壁面上，也將新得知的知識刻劃在其中以方便讓後代子孫觀看吸收，年幼的山穴孩童就在岩壁隧道內學習文化知識，再從中挑選出最具智慧的人來培訓成下一代領導者。

明日陽光灑落在白霧山峰的頂峰之時，就是我離開白霧山峰的時刻，即將面對不熟悉的外界世界令我徹夜難眠，橡倫爺爺身體狀況也是我失眠的原因之一。為了讓山穴居人能更了解白霧山峰以外的世界，也順便讓外界人們了解山穴居人，我會將自己的經歷旅程一一撰寫下來。

Ch 2 黎明前的夜晚

夜幕低垂，秋季氣息也慢慢的滲入在空氣之中。灰白月光灑在茂密的紅樹林裡，強風在高山與樹林間吹拂，將樹葉吹得沙沙作響。樹上鳥兒也趕緊跳動著身軀棲隱在溫暖的巢穴內。一片樹葉被風吹過後緩緩飄落在溪澗，溪水迅速將枯黃樹葉帶往紅樹林下游。一條色彩鮮豔的鯉魚從樹葉下快速一掠而過，鯉魚在冰冷的溪流裡努力擺動著尾鰭，穿梭暗藏在溪澗中的巨大石塊之間。

白霧山峰內的山穴隧道在夜晚感覺特別深沉寂靜，一陣陣拖著沉重身軀的腳步聲在隧道內迴盪。在黑腳靴旁的黑鐵燈籠正在微微前後搖晃，搖曳的火光將地板上暗影給暫時驅離。雙腳靜止在一扇木門扉前，舉起右手臂對木製門扉敲擊了兩下……

「何人？」木門扉內傳出橡倫的嗓聲。

「是我！我的老友。」門扉外法卡克回答著。

「在山穴石床上是否讓你無法入眠？看來城內舒適的布棉質床比較適合你入寢。」話語剛完門扉就被向後拉啟。

法卡克走進山穴房間內隨手關上木門扉說道：「等一切結束後，聖皇必定親自迎接『護衛騎士』回聖城，讓這位護衛騎士得到他這十四年來該有的榮譽，以及他應該享有的財富與地位。」

「不……我已無心思再眷戀城鎮內的生活與鬥爭，就讓我在此安享晚年吧！」橡倫手撐著紅木拐杖，一跛一跛地走至石床邊，緩緩的移動著身軀坐在石床邊上，手中的紅木拐杖也被放置在右大腿上。

法卡克觀看著山穴室內的周遭環境，室內僅擺放一張石床與兩張石椅子，石室四周的石壁上皆各懸掛著一座油燈臺。四座油燈內火光將石室給照得光亮，觀看著油燈上的白光，發覺燈座上的火焰顏色比普通硫磺之火還要白淨、也更明亮，讓身體內也湧起一股暖意。法卡客下顎微揚、雙目閉合的說：「那室外的火光是那麼寒冷，而室內的白光卻是那麼溫柔。」

「是你的內心太過於冷淡無情，才會導致現在的身心感受。」橡倫在石床上冷冷的說著。

法卡克睜開雙眼看著石床邊的橡倫說：「又經過了七年，看來你似乎變得冷淡許多，與十四年前的你大不相同。我知道你為這位小女孩犧牲很多，也因為這位小女孩而讓你委屈在此生活。但這一切將在明天結束，你仍可以回聖城繼續以往的榮耀人生。」

「不了！過了今夜，我就已不再是原來的我。過了今夜，我也不再虧欠聖城任何恩情。如今我只希望你能在旅程上好好照顧那位小女孩，等時機來臨時別給她太大的痛苦，請盡量讓她在毫無痛苦中離去。」橡倫哀傷低沉的嗓聲在石室內環繞，左手將紅木拐杖從右大腿上輕輕的放置在石床邊。

法卡克移動著身軀來到兩張石製椅子前，慢慢將左手上的黑鐵燈籠放置在石椅子上，自己則是彎著身軀緩緩坐在另一張石椅上，右手伸入白袍內取出一卷布軸放置雙腿上說：「我很高興今天在大廳上你忍住了激動的情緒沒將事情對小女孩說出，我也看得出來你對小女孩有了相當深的親情。我在此對著這面神聖的旗幟發誓，在小女孩未到達聖城之前我都會盡力的保護著她，絕不讓她有任何的傷害與痛苦。」話語剛畢，法卡克就將布軸展開來對著橡倫。

橡倫看著旗幟上的圖案，心中湧起了十四年前的那場戰役……

＊　＊　＊

「法卡克！小心身後！」法卡克聽到呼喊聲便立即轉身。

一位有著人形般的身軀，但卻擁有一顆灰狼頭顱的「狼獸人」迎面而來。張開的血盆大口內佈滿黃垢尖牙，舞著尖銳雙爪正伴隨著狂怒之嚎襲擊而來。法卡克手中的金屬權杖立即向前一刺，權杖上的綠色寶石瞬間綻放出綠光，綠色光芒令狼獸人雙眼無法直視，慌忙的把雙臂擋在眼前，試圖遮蔽阻隔這刺眼的綠色光芒。此時一道銀白身影從狼獸人後方快速接近，手中利刃迅速刺入狼獸人的背脊直達胸膛，狼獸人痛苦哀號一聲後便立即氣絕、倒臥在地。

法卡克放低手中權杖說：「你救了我一命，橡倫。」

「戰場上本來就該互助！」橡倫拔起插在狼獸人身上的長劍，放低左臂上的銀盾，移動上前來到法卡克身旁。

法卡克看著橡倫全身穿著銀白盔甲、半隻左臂被一面雪白銀盾給遮蔽著，盾牌上刻劃著一面金盾被兩把細劍與木杖交叉貫穿著。法卡客雙眼流露出敬仰目光微笑說出：「真不虧是擁有聖城精神的騎士，我看再多凶殘暴戾的狼獸人也無法令你感到恐懼。」

「現在不是誇獎吹捧的時刻，眼前尚有眾多狼獸人聚集前來，席林娜他們人呢？」橡倫看著前方沙塵瀰漫處。

法卡克轉身將手中權杖指向東北方說：「席林娜正引誘著狼王前往血魔法師所佈下的魔法陣處。」

橡倫雙眼隨著權杖所指的方向望去，到處屍橫遍野、黑煙瀰漫。滿地的武器、盾牌散落一地。遠遠還能隱約看到狼獸人與身穿白色甲冑的戰士在互相廝殺，耳邊還不時傳來忽遠忽近的打鬥聲。

此時看見煙幕中有三隻狼獸人的身影往前方跑去，於是趕緊轉頭對著法卡克說：「看來我們時間不多了，得掌握時間。」

「我也有同感，我的好友。」法卡克說完便拔腿快奔向前，身旁橡倫也在同一時刻跟著奔跑。

兩人解決掉三隻狼獸人後便來到一處湖泊邊停下，正當兩人在掃視周圍尋找熟悉臉孔之時，清澈平靜的湖水忽然在兩人面前隆起，湖水被靠攏、集中形成一條水柱直衝天際，並且在半空中開始快速旋轉，並將湖邊四周的湖水快速往湖泊中央處集中。

「封印開始了！」法卡克望著空中的水柱，只見水柱內有道水藍色的身影，隨後藍色身影有如一隻箭矢般從水柱內放射而出，並在半空中飛行片刻後便重重的從空中摔落在兩人面前。

橡倫反射性的舉起手中盾牌護在胸前，手中長劍平放在銀白盾牌上緣，蹲低姿態並用雙眼凝視著眼前生物。此生物全身水藍色，有著人類的臉孔，身形矮小、四肢細長，橢圓形狀的頭顱顯得相當光滑晶瑩，而在頭顱後方處有著二條彎曲的細長水柱，彷彿是此生物的觸角或是毛髮。不明生物全身皮膚相當光滑且非常透明，彷彿是由透明玻璃精心打造而成。從外表便能明顯看出水藍色液體在體內快速流動，手腳掌上皆只有三隻指頭，指頭與指頭之間各被一片薄膜給相連著。

「水妖精！此生物不能留！」法卡克似乎認得眼前水藍色生物，雙手高舉著金屬權杖衝向側臥在地的水藍色生物。

「不……」橡倫驚見法卡克欲殺害眼前生物，連忙張開雙臂用身體抵擋在前繼續說道：「冷靜點！法卡克！這隻小生物可能已經死亡了。」

法卡克望著橡倫臉龐緩緩放低權杖不發一語，橡倫見法卡克怒氣稍退，隨即轉身邁步向前想察看水妖精生死。正當橡倫要蹲下查探之時，水妖精忽然睜開水藍雙眼，細長左臂忽然變得扁平鋒利，彎起身子左手奮力向前一揮，鋒利刀口就在這一瞬間劃過了橡倫的左大腿。

「啊！」橡倫大叫一聲身軀立即倒地，雙眼看著自己左大腿被水妖精的利刃給切割，痛苦的用雙手緊抓著左大腿。

法卡克看見橡倫左腿大量出血，立即從腰間取出一瓶小藥罐，快步上前將瓶中藥粉往傷口處一倒而下，白色藥粉一碰觸到血紅傷口便立即凝固，不過片刻之後白色粉末還是被鮮紅血水給沖散開來。眼見藥粉無法止住大量鮮血，隨即再伸手入腰際間拿出所有藥瓶，再次將手中藥粉全數傾倒而出，左腿傷口處在被大量的藥粉包覆下，慢慢的鮮紅血液終於不再溢流而出。

「真是令人感到憤怒的水妖精！就讓我用手中權杖來送你入黃泉。」法卡克拾起金屬權杖起身而立，雙瞳內充滿著憤怒的血絲，雙唇間不停的在上下開合。此時權杖上的綠色水晶似乎對法卡客口中咒語有所感應，瞬間竄出無數條綠光照亮周圍。

橡倫看見權杖上綠水晶所散發出的綠光非比尋常，心知法卡克即將對水妖精展開致命攻擊，立即爬行向前用身體擋在水妖精身前。

「你這是何用意？」法卡克不明白橡倫為何用身軀擋住水妖精。

「這隻水妖精已經奄奄一息，再說牠也是出自於自我防衛，才會下意識的對我發動攻擊。你看！我們把這隻水妖精居住的湖泊給破壞殆盡，如果再將牠給殺害，那我們跟那些狼獸人有何不同？」

橡倫語畢便將身軀側翻半圈趴倒在地將臉對著臥倒在前方的水妖精。

橡倫看見水妖精表情痛苦並呼吸急促，又見水妖精的雙手緊握在右大腿處，於是將目光轉移到水妖精的右大腿上。發現水妖精的右腳膝蓋處已經嚴重扭曲變形，體內藍色水液到達右腳膝蓋處便折返回流，看來體內藍色水液是牠的動力來源。得知原因後立即側躺用右臂單手爬行，配合右腳在地面上摩擦產生前進動力，慢慢爬到水妖精的面前……

「橡倫你……」法卡克眼見橡倫爬向水妖精，立即邊喊邊跨步上前欲阻止橡倫。

橡倫手掌張開向法卡克示意別靠過來，雙眼看著水妖精正在注視著自己，水妖精表情顯得無助徬徨，雙眸也是那麼的哀愁傷感，彷彿在訴說著現實世界裡的殘酷無情。

仔細觀看水妖精的蔚藍雙眼，水藍眼睛內有著用水滴形狀的眼瞳，這水滴雙瞳竟是如此優美純淨，彷彿比早晨朝露更為清澈潔淨，就連自己身影都倒映在這唯美的水瞳之中。

橡倫緩緩伸出左手朝著水妖精臉龐而去，只見水妖精雙臂也在此時轉化成鋒利水刀，臉部表情開始變得有點憤怒，似乎不喜歡橡倫左手朝著自己而來的樣子。

「放心！我不會傷害你！我只想幫助你。」橡倫邊對著水妖精說左手也慢慢的往前伸。

水妖精似乎聽懂橡倫的話語，變化形成的雙臂水刀並無攻擊橡倫。橡倫左手掌優雅拂過水妖精的臉頰，然後在一瞬間用力掐住了水妖精的咽喉，緊接著右手掌立刻抓住扭曲變形的右小腿，左右雙臂在此刻同時奮力向不同的方向各自伸展，硬生生將倒臥在地的水妖精給拉直橫在地面上。

「啊……」水妖精痛苦喊叫一聲，聲音相當尖銳刺耳，法卡克跟橡倫承受不了如此震耳高音，兩人同時趕緊用雙手摀住雙耳。

水妖精受到疼痛的驅使，心中的憤怒上升到最高點，身軀立即從地面上躍起，雙臂水刀向腰間後一收，彎曲著腰身準備再向前突刺之時，忽然表情顯得有所頓悟，緩緩低頭觀看自身右腳膝蓋處，疼痛感覺似乎已不存在，筆直透明的右腿也已經完好如初。

「沒事了！你只需休養幾天便能恢復以往。」橡倫對著正在用右腳上下踏著地面的水妖精說著。

水妖精停止了踏地面的動作，抬頭正視著眼前的橡倫。此時法卡克上前而來擋在橡倫面前說著：

「橡倫好友，此生物相當危險，你可知你剛才的舉動是多麼愚蠢。這種生物性格殘暴難以馴服，習慣獨居並獨自占有水域，只要有外來物種侵入自居領地便會發動攻擊將其殺害，就連同族同類也不例外。你卻出手搭救，甚至還賠上了一條左腿，你倒說說看這值不值得。」法卡克再次舉起金屬權杖對著面前的水妖精。

水妖精被法卡克的舉動給驚嚇到，隨即擺出戰鬥姿勢準備迎戰想一心置自己於死地的人類。

橡倫在此時握住了法卡克的右小腿，借助他的右小腿為支撐點向前滑行了一小段距離，抬頭望著眼前這隻水藍色的小生物並對法卡克說：「法卡克！讓這隻小生物走吧！牠也只是想有個生存空間而已。」橡倫舉起右手向前揮動對著水妖精說：「小生物！很抱歉破壞了你所居住的家園，如果你聽懂我的語言，我代表人類在此向你道歉！同時也希望你能立即遠離此地另尋居所。最好尋找一處沒有人類到達過的水池定居，這樣才能讓你安然的度過一生。」橡倫的右手此時揮動更快，示意著要水妖精儘快的離開此地。

「橡倫！你認為這麼做好嗎？放牠走不敢保證牠不會危害到別人，你可要鄭重的考慮一下。」法卡克叮嚀著橡倫。

「快走吧！水妖精！別再逗留……」橡倫話剛說完忽然從湖泊處傳來一陣嬰兒的哭啼聲，兩人不約而同的往湖泊方向望去，只見由湖水形成的大水柱瞬間快速膨脹，像似被快速灌入空氣般而迅速膨脹的一顆大氣球。

橡倫眼看著水柱就要過於膨脹而爆裂開來，趕緊回頭大聲喊道：「小生物你趕緊離開！不然你會有生命危險……」橡倫大喊到一半卻發現水妖精早已經消失不見，才安心轉回頭來觀看著湖泊上的水柱。

「看來水柱會爆炸開來，那我們得退後一些。」法卡克扶起橡倫，兩人一起移動到後方一塊大岩石邊，靜靜等待著湖泊水柱的奇妙變化。

兩人凝神觀察著水柱上的變化，此時水柱內再度傳來一陣嬰兒的哭聲。膨脹水柱終於也在此刻達到飽和頂點，配合著嬰兒哭聲在同一時刻炸裂開來。水柱被強勁爆炸能量給推擠而瞬間噴湧而出，大量四處飛濺的湖水有如暴雨般灑落在湖泊四周草皮上，湖泊內的池水在一瞬間便所剩無幾。

兩人見湖泊上的水柱炸裂開來便立即蹲低躲在大岩石下，大量湖水強力的衝擊著大岩石塊。岩石表面較為脆弱的地方皆被強勁湖水給沖刷掉落，兩人因為眼前這顆岩石遮擋而躲過水柱爆炸開來的威力。法卡克抬頭看見爆炸威力已減緩，從天而降的水勢也已經緩和許多，只剩幾滴湖水還在半空之中與地心引力奮鬥著，彷彿在爭取這短暫的飛行。

法卡克攙扶起了橡倫，兩人不約而同的掃視著周圍環境，皆被眼前景象給震撼住了。地面草皮上充滿著大大小小的水池，眾多原本居住在湖泊裡的小魚也被爆炸威力給震飛出來，因失去了湖水給予的生存條件而在地面上掙扎擺尾上下跳動著。

原先佇立在湖泊周邊數尺距離的茂盛綠樹，也因水柱爆炸的威力而斷裂倒地，許多綠葉樹木被硬生生的攔腰折斷。折斷的樹軀倒落滿地、滿目瘡痍，彷彿被一波海嘯般的洪水給無情摧殘毀壞一番。

嬰兒哭啼聲又再一次的傳入耳來，兩人停止了探索周圍的目光，紛紛將目光集中在聲音的來源處。忽見湖泊岸邊出現一道黑矇矇的身影慢慢向兩人走來，全身穿著黑灰色的緊身輕質甲冑，雙手捧著一件深紅色的斗篷置於胸前，漆黑秀髮在肩膀上飄逸著，咖啡色的雙眼流露出黯淡哀傷氣息。黝黑膚色搭配尖鼻五官，加上一對又大又尖的雙耳極為特別，讓兩人立即認出眼前來者。

「是席琳娜！」法卡克低聲對著身旁的橡倫說著，隨後便攙扶著橡倫慢慢走向眼前黑影。

「席林娜！女法師成功的將狼王封印在湖泊底部深處了嗎？」法卡克邊移動邊對著眼前席林娜大喊詢問著。

席林娜並無立即回應，依然朝著法卡克與橡倫兩人緩緩走來。待席林娜身影輪廓越來越清晰之時，法卡克與橡倫兩人才驚覺發現席林娜的眼眶泛著淚水，剛從臉頰滑過的淚水已到達下顎邊緣。待席林娜停下腳步時，在下顎懸掛的淚水也因為腳步停下所產生震動而瞬間掉落，悲傷淚水不偏不倚的低落在胸前紅色斗篷上，不久捧在雙手胸前的紅色斗篷內便傳出一陣嬰兒哭啼聲。

法卡克這時才察覺到席林娜手中的紅色斗篷內包覆著一名嬰兒。此時心中感到疑惑，這位小嬰兒是如何出現在此地，竟然還伴隨著席林娜從湖泊中走出。湖泊可是為了封印狼王而準備的戰場，小嬰兒在戰場圈內是怎麼存活，更重要的是這位小嬰兒雙親究竟是誰。

「血魔法師犧牲了。這位小女嬰是她的後代，希望你們能找個安全隱密的地方將她撫養十四年。等十四年之後再將女嬰帶往聖城交給『血魔法師會』，到時自然會有血魔法師會裡的長老們來處理後續動作。」席林娜的嗓聲中帶點哀傷，雙手捧著女嬰向前直伸。

「什麼！血魔法師犧牲了！」法卡克被這個消息給震驚到。

橡倫往前跳了一步低頭觀看了紅斗篷內的女嬰，只見女嬰全身被紅色斗篷包覆到只露出一張小臉蛋，水汪汪的雙眼一看見橡倫臉龐便立即停止哭啼，隨後便張開小雙唇發出咯咯的開心笑聲。橡倫看見女嬰模樣甚是可愛，便開口問道：「那狼王是否有封印成功？」。

「有！目前狼王正封在你面前的女嬰體內。」席林娜再次把雙手往前一遞，欲想將女嬰交給眼前的法卡克。

法卡克滿臉驚訝的用雙手接過女嬰，隨手將歪斜的紅斗篷給弄整齊，隨後便抬頭對著席林娜問道：「這女嬰為何會出現在這？還有狼王怎會改封印在人體裡面？這其中到底發生了什麼事，能否對我們詳細說明。」

席林娜望著橡倫的左腿問道：「你的腿傷無大礙吧？想不到狼獸族竟能傷害到你，想必戰場外圍肯定是經過一番艱鉅的苦戰。」

橡倫望著自己的左大腿低聲說道：「說來慚愧，這並不是被狼獸人所傷，而是一隻棲息在此的水妖精所為。」

「那隻該死的水妖精，就是牠壞了封印大事。牠被我用闇影之力給轟出湖泊水柱之外，沒想到你卻慘遭這隻水妖精的毒手。」席林娜說完便將目光轉移到小女嬰身上繼續說道：「血魔法師用盡自身性命才勉強將狼王魂魄給封印在女嬰身體，女法師在臨終前有交代我轉達聖皇往後需要特別注意的事項。但我現在已無心思再前往聖城，再說我與聖皇之間的協議也已經完成，我將回到自身故鄉去安隱居所，所以我現在將女法師所交代之事詳細的告知你們兩人，希望你們能代為轉達告知，好讓你們聖城的領導者能詳細知情，以便早先安排好往後的後續動作。」

法卡克右手環抱著女嬰，伸出空閒左臂挽住橡倫右臂腋下，順利的幫助橡倫坐在地面後，便隨即將女嬰遞給坐在地面上的橡倫，隨後便轉身對著席林娜說：「我將會將女法師所交代事完整的轉達給聖皇，煩請席林娜一一詳細告知。」

席林娜雙眸望著橡倫雙手中的女嬰緩緩說出：「待這名女嬰成長到十四歲芳齡後，你們就必須對這名女嬰採取行動……」

＊　＊　＊

「橡倫老友……橡倫老友……」橡倫忽然聽見有人在大喊著自己的名字，隨即恍然回神雙眼凝視著正前方。

「橡倫老友！我看你望著這面旗幟望得出神，害我也不好意思中斷你心中的情緒激盪。但我漸漸發覺到你的雙眼陷入呆滯，加上你沉思有點久，讓我不僅擔心你是否健康出了問題，我可不想在此刻失去一位多年好友！」法卡克說完便開懷大笑。

橡倫看著正在歡笑中的法卡克說：「這十四年來，在聖城內的血魔法師會裡，那些長老們都沒想出別的辦法嗎？除了十四年前女法師所交代的方法之外就別無他法了嗎？」

法卡克聽見了橡倫的詢問便立即停止了笑聲，雙手緩緩的捲起旗幟慢慢起身說道：「相信我，橡倫！如果有別的方法能挽救這位小女孩，我保證一定會讓你知情並絕對會讓小女孩存活下去。畢竟，她可是女法師的唯一後代，你想我真的會放棄其他可行辦法讓女法師從此香火斷絕嗎？」

橡倫看法卡克說得如此堅決，臉部表情是如此的凝重，便深深的嘆了一口氣說道：「希望你能牢記你剛剛面對著旗幟所說過的話，我倦了……請原諒我無法送你到達石床邊。」

橡倫說完便將手中拐杖放置在石床上，左手輕輕將石床上的紅木枕頭給拉到石床上方，緩緩的將身軀往石床上側身躺下。

法卡克起身拿起了放置在左邊石椅上的黑鐵燈籠，油燈內的橘黃火焰在此時晃動了一下，隱伏在牆壁上方的漆黑陰影感受到火光的波動也晃動了起來。法卡客的左臂將黑鐵燈籠高高舉起，讓石壁上黑色陰影被高舉而起的油燈火光給強勢驅離，片刻間停歇在四周牆壁上漆黑暗影便消散殆盡。

「我一定會遵守我的誓言！在到達聖城之前我都會盡全力保護那位小女孩！祝你今晚能有個好夢，我的老友。」法卡克將捲好的旗幟放入白色長袍內，轉身提著燈籠往紅木門扉前去。

正當右手開啟門扉左腳剛跨出時，腦中像似想起了什麼事情，隨即便停下腳步轉頭對著側躺在石床上的橡倫說：「明日早晨還希望老友你能保持冷靜，希望你能壓抑住人類最難對抗的情感羈絆。可別在這最緊要關頭的時間點被擊潰，不然這十四年來的準備與等待都將白費，接著迎接而來就是無止盡的戰火與恐懼，我想老友你懂得這其中輕重及分寸。」

木門扉被輕輕關上，石室內瞬間被漆黑一片的黑暗給占據，躺在石床上的人閃動著一對琥珀色雙眼，配合著忽長忽短的呼吸聲，獨自在黑暗角落處的石床上傷心落淚著。

【撰寫者手札】

在距今十四年前，在諾亞大陸西方與南方的交界處發生了一場浩大戰役。這場戰役是由當時的人類領導者「麥爾登」所發起，目的就是要消滅生存在西方大陸上的殘暴狼獸人。

麥爾登這次做足了萬全準備，他集結了座落在遙遠北方的部落「薩滿族」，以及隱匿在諾亞大陸中央處的「闇精靈族」。再結合聽從他所號召而來的數萬名人類，這次，他下定了決心要讓狼獸人在諾亞大陸上從此滅絕。

經過了漫長的交鋒征戰，狼獸人因失去了「狼王」這位狼獸族的首領領導而導致潰敗，四處逃竄的狼獸人被追擊聯合軍消滅。

麥爾登趁勝追擊攻打狼族巢穴，順勢將巢穴內僅存的狼獸人屠殺殆盡，聯合軍在這一天獲得空前的喜悅勝利，並高舉長劍吶喊著向世人宣佈狼獸人從此刻起在諾亞大陸上消失。經歷了這一場人類與狼族的爭鬥後，最終是由人類取得諾亞大陸的統治權。人類推舉當時發起對抗狼獸人的號召人來當人類領導者，並在土地肥沃的東北大地上興建了一座巨大城堡，當時的領導者將這座城命名為「聖城」。

麥爾登在二個月後登基並受封為「聖皇」，並在所屬聖城內建立起一個龐大有序的組織，聖皇將這個組織取名為「血魔法師會」。血魔法師會分別由「長老會」以及「聖殿會」這兩大組織所組成。長老會負責聖城內所有內政事務以及向聖皇報告規劃未來的行事方向。另外長老會也負責專研一些古代遺留下來的文獻與遺址，並從中吸取可用的知識來加強人類同族智慧。

長老會裡還有一個鮮少有人知曉的附屬組織，這個附屬組織內的成員並不多。但隸屬在內的所有成員可是個個都擁有特殊能力。這些成員專門在培養一些特殊能力的接班人才，並在必要時刻運用這些特殊能力給予幫助。長老會將這些少許人員個個都去除掉自己姓名，並將這些成員統一稱呼為「血魔法師」。

聖殿會則是負責國家領土上的治安並嚴格執行律法，聖殿會的成員必須擔任起律法執行者，如有非法人士想挑戰並觸犯法律誡條，那他們便會借用這名「秩序」的刀刃來懲罰這些人士。

聖殿會也負責所有大大小小的軍事行動，所以每個成員都相當善於戰鬥與鍛造物品，他們用精良的武器在對抗所有外來勢力侵略者，他們建造堅硬巨大的堡壘來保衛所有人類同族生命安全，他們個個勇敢非凡並誓死效忠於聖城、至死方休。

Ch 3 山腳下的抉擇

晨色降臨，蒼白的霧氣從迷霧森林中飄浮過來，冷風夾帶著稀薄霧氣在高山與溪流之間快速流動著。一隻正在溪流岸邊草皮上進食的松鼠，兩隻前腳不停轉動手中的棗栗，兩門利牙也不停的上下啃食著棗栗。一陣寒風伴隨著霧氣掠過，松鼠身軀上的淺咖啡色毛也隨著風勢而擺動。松鼠似乎感覺到今天的晨色特別寒冷，於是放掉手中棗栗轉身快速的爬上後方紅樹木上，爬行數呎後便一頭鑽進紅樹上方的樹窩內躲避寒風。

一扇有刻著金黃色盾牌的厚重木門被緩緩向後拉啟，橡倫手臂撐著紅木拐杖走出石室。轉身將木門關上後便望著木門右側牆壁上所吊掛的油燈座，燈座內的火焰所散發出來明亮火光灑在橡倫臉頰上。橡倫在此刻閉起了雙眼，慢慢的用鼻子深吸了一口氣，臉部表情隨著吸入的空氣而起了微妙變化，彷彿是在享受這柔和光線所帶來的舒適溫度。

*　*　*

十二輛馬車以一字隊形在遼闊的草原上奔馳，在青綠草原上形成一隻正在疾馳而飛的箭矢，在快速滾動木輪子上方有一節用輕質木材所製成的車廂，車廂外表由一件經過精心裁剪縫製而成的灰色大帆布給緊密包覆著，整體看來顯得相當簡潔樸素。

每一輛馬車的動力來源都來至前方四匹黑色駿馬，所有黑色馬匹的雙眼上都被放置了黑眼罩，意圖是要將所有黑色馬匹的視線給完全阻隔，彷彿是在擔心、害怕這些黑馬會記住所穿越過的山川與河流。

「為何選擇我？」車廂內的橡倫雙手交叉橫置在胸前說著。

「為何會指定你？我的好友……」法卡克撥開車廂後方的簾布，探頭仰望著高聳天際。水藍色天空中有一顆淺黃色的艷陽高高掛在天邊，視野內的天空毫無一朵雲彩存在。放開掀起的簾布後隨即彎著身軀來到橡倫正對面，緩緩坐在長條木椅上，右手伸進白色長袍內取出一卷布軸，並將布軸壓在自身的右大腿上說：「看來天黑之前應該能到達目的地。」

橡倫低頭將目光移往車廂地板上的木頭搖籃，搖籃內放置了一位嬰兒，小小的身軀被紅布給緊貼包裹著，只露出一張正在熟睡的臉龐。嬰兒圓嘟嘟的臉頰紅通通、十分可愛，可愛模樣讓橡倫越看越是失神。

「我會選擇你是有三個原因，除了闇精靈席林娜以外，就屬你對這名女嬰有種莫名的關注，而這種關注就連第一次看過你或剛熟悉你的人都感覺出來，這是一種令人很清楚就能感受到你對女嬰的與眾不同。每一次你看著女嬰時所流露出的神情與眼神，都會讓人誤解以為這名女嬰是你的親生骨肉，正因為你對女嬰有存在著這種情感，所以我才向聖皇推薦由你來扶養女嬰，並由你來指導眾人往後十四年內的工作細節，再加上由你來監管女嬰我也能放心許多。」

法卡克說完後也將目光放在搖籃內的嬰兒身上繼續說著：「女法師的女兒真是可愛，你看她臉頰上的兩個蘋果肌是多麼紅潤，小小的櫻桃雙唇更是比別人豐厚些，可惜就是這對眉毛細短了點，不過沒關係！她長大後一定是位絕世美人，哈哈！」。

「可惜的是她無法長大，她一出生就注定只能擁有十四年的壽命，她連一點討價還價的空間都沒有。可憐的她也沒能夠替自己爭取任何生存機會。甚至，連讓她知道事情源由的權利也無情沒收，就連最基本的親生母親是誰都無法得知，這是何等悲慘的一生。我真的不知道以後該如何來面對這名女嬰，我真的無法預測我會對這名女嬰隱瞞到何種程度，因為這一切來得太突然也太不公平了。」

橡倫語畢便伸出右手輕輕的推一下搖籃，搖籃感受到推擠力道而開始左右擺動，女嬰也安穩隨著搖晃的搖籃而擺動著。

「我的好友！別這麼的悲觀。或許在這十四年的歲月內，血魔法師會的長老們會想出其他應對方法也說不定。總之，目前就是按照十日前在聖城會議廳內所研商出來的策略來進行，如果往後有任何變動的話我會第一時間通知你，所以我們就暫時別想這麼多，專心安置好這名女嬰才是當務之急。」法卡克說。

橡倫雙手緊貼在車廂內的木條長椅上，雙眼看著法卡克右手掌內的布軸失落說道：「看來也只能先這樣了……」。

法卡克見橡倫望著自己手掌處，便微笑著說著：「看我顧說話都忘記了正經事，來！拿去！這是聖皇頒發給你的最高榮譽旗幟，並冊封你為『護衛騎士』。」法卡克說完便將布軸往前一遞。

橡倫雙手接過了布軸，隨後打開綁在布軸上的紅緞絲帶，慢慢的將布軸給拉直開來。橡倫琥珀色的雙瞳隨即反射出一面金黃色盾牌、色彩奪目，一把細劍與一根木杖交叉的擺放在盾牌上。凝望了旗幟上的圖案片刻之後便說道：「我這個痾子怎能接受如此禮待，還受到聖皇的器重受封為護衛騎士，這份殊榮我可不敢收納於自身。」橡倫語畢就立即迅速的捲起旗幟並將紅緞帶給捆綁住，雙手將捲好的旗幟往前一推欲遞還給法卡克。

法卡克微笑的對著橡倫說：「你不求財富名聲這也是我挑選你來扶養女嬰的另一個主要原因，畢竟這次的計畫只有少許人士知曉內幕，就連其他十一輛馬車內的上百位人員都不知真實內幕。相信你也知道這是長老們所討論出的對應方案，為了讓小女嬰能安全並在不知情的狀況下成長，長老會裡的長老們可是用盡了心思在謹慎處理此事。」法卡克話語一停便將橡倫伸直的雙臂給推了回去。

橡倫收回布軸並用右手掌將其壓在木椅上說道：「小心我一時心軟將所有真相告知這群隨我而來的人。」

法卡克聽到此話後嘴咧的更開，雙唇邊的嘴角更是大幅度往上升，露出上下兩排米白色的牙齒，大大雙眼在此時受到臉頰上的肌肉推擠而變小了許多，隨即便開懷大笑的說：「這就是我選擇你的最後一個原因，因為我知道你是個懂得大局的人，絕不會向別人透漏任何訊息。畢竟這可是足以影響到整個人類族群的存亡，所以我相當放心的將此大任交付予你。」

「哇……哇！」女嬰在此刻從熟睡中醒過來，並用她那細小的喉嚨發出了哭啼聲，女嬰因為被紅斗篷布巾給包得很緊，所以身體扭動掙扎的相當激烈。

法卡克看著女嬰想掙脫紅布巾的束縛，便立即彎下腰身推著木製搖籃說道：「我的好友，請務必記住這件紅色斗篷的重要性，絕對不可在山峰以外的地區卸下紅斗篷，相信其嚴重性你也應該知道才對。」

橡倫不發一語望著搖籃內的女嬰，原本還在哭鬧的女嬰受到搖籃晃動影響又漸漸閉上雙眼。看見女嬰又進入了夢鄉後，發覺自己似乎受到女嬰的影響而有點疲倦，於是對著法卡克說：「我休息片刻，順便將湧上心頭的倦意給一掃而空，等到達目的地時再告知我。」話語一畢便將身軀側躺於長木椅上閉目入睡。

＊　＊　＊

「唉……如果在十四年前並不是由我接手扶養小紅帽的話，這一切情況不知道會不會改變。但至少可以確定的是；我可以不用像現在這般如此的難以抉擇。」橡倫吹熄了門壁牆上的火苗，臉頰上的暖和也瞬間消失，伴隨而來是隧道內的陰涼與幽暗。

石穴大廳內燈火亮明，法卡克一行人與小紅帽都在大廳內等候橡倫的到來。法卡克此時手中拿著一張舊羊皮紙正在與徒弟賈路商討今天將要行走的路線與注意事項，並且要賈路自己在心中做個模擬與規劃。

「小紅帽！我告訴妳！這把聖劍與這面聖盾可是當今聖皇的專屬裝備。這次為了迎接妳去聖城，我父親聖皇破例將他的專用裝備借予我，妳倒是仔細的琢磨觀看，看這兩件裝備有何與眾不同之處。」艾力對著坐在對面石椅上的小紅帽說著，隨後便把聖劍與聖盾往石桌的桌面上一放，慢慢推往坐在另一邊的小紅帽面前。

小紅帽一臉迷惑的睜大她那水汪雙眼看著眼前這兩件物品，在自己左手邊是一把銀白潔淨的寬劍，看似單手或雙手握持方式都能使用。寬劍劍身被隱藏在一把吸引自己目光的劍鞘內，此劍鞘的表面上鑲嵌五顆純白寶石，這五顆純白寶石在銀白劍鞘上整齊排列成一直線。光這五顆白寶石就要價不斐，更何況還要精準的鑲嵌在劍鞘表面上，再加上牆壁懸掛燈火所散發出來的光線直接照映在白寶石表面上，讓白寶石由內而外折射出數道燦爛奪目的絢麗光彩。看見此物品令小紅帽覺得聖城裡的聖皇一定有相當多顆美麗寶石，甚至全身上下都是用亮麗寶石來裝飾著自己。

隨後帶著驚奇表情看往右側方的聖盾，在這面銀白盾牌表面上有紋著一面體積較小的金黃色盾牌，盾牌被細劍與木杖給交叉貫穿。「這不是跟爺爺房間木門上的圖案一樣嗎？大廳牆壁上也有掛著一幅相同的畫。」想到這裡轉頭往右上方的岩石牆壁上看，卻沒看見已經懸掛在那面牆壁上許久的相同圖案。隨即回頭繼續看著桌面上的銀白盾牌，好奇的伸出右手撫摸盾牌表面上圖案。沒想到手指頭一觸碰到盾牌表面的時候，忽然感覺到一股冰霜氣息從手指觸碰的地方直衝上了心頭，手指頭也因為溫度快速下降而變得冰涼僵硬。驚嚇之餘小紅帽趕緊將右手收回，並將冰凍的手指立刻放進嘴巴之中，想利用嘴巴內溫度來暖和被凍僵的手指頭。

「艾力王子，請把你的貴重物品收好，你看你讓我們的小紅帽受傷了。」法卡克邊說邊走向小紅帽，來到小紅帽身邊後便從白袍內拿出一片紫色樹葉，再將小紅帽右手舉起並用紫色樹葉包紮已經凍僵的手指頭。

小紅帽看著自己手指頭被一片跟手指頭差不多長度的紫色樹葉給包紮著。葉子觸碰到手指頭之時就已經感覺到溫熱感，待葉子完全纏繞包覆著手指頭時，手指頭的僵硬感已經消去了大半，冰凍麻痺的感覺也在同時間漸漸退去，不過一下子的時間已經感覺到手指頭能自由活動、完好如初。

「小紅帽！以後不要在沒有任何物品的防護下去碰觸此面盾牌。因為這面盾牌是由冰島上的千年冰晶所製，在這面盾牌的中心處有一塊千年冰晶，盾面外層則是用特殊鋼鐵將其完全包覆。由於冰晶本身溫度極為冰冷，利用其特性來讓外層鋼鐵達到更強的硬度，令此盾牌的硬度達到普通刀槍都無法刺穿破壞程度。但也由於千年冰晶太過於冰霜寒冷，也使這面盾牌必須配戴著特別製作的防寒手套才能夠裝備使用。」法卡克指著桌面上的銀白盾牌說。

「好！小紅帽知道了。」小紅帽自己感覺到還沒離開白霧山峰就已經先看到外面世界的新奇裝備與神奇醫療物品，在好奇心的驅使下已經讓自己覺得未來旅程一定處處充滿著驚奇與神祕事物，於是心中立即湧起了一股期待能趕緊出發去探索新奇世界的想法。

「小紅帽！由於我的疏忽讓妳受到驚嚇，我在此向妳道歉，我剛剛忘記說明如果要拿取或觸摸這面盾牌，就要戴上這副厚毛皮手套，才能避免被聖盾的寒霜氣息給凍傷。」艾力說完便脫下一只手套放在桌面上，並快速的往前一推示意小紅帽如果還想觸摸盾牌就要戴上這只手套。

小紅帽看一下毛皮手套後便搖頭說著：「我不想再摸盾牌了。」

此時法卡克用右手掌去壓住桌面上的毛皮手套對著眾人說：「該出發了！」

「法卡克先生！我想去跟爺爺道別，可以嗎？」小紅帽對著法卡克說。

「去吧！我的乖孫女。」橡倫站在大廳後方的半圓拱門處。

小紅帽奔跑上前張開雙手擁抱著橡倫爺爺說：「爺爺！小紅帽完成旅程後一定很快就回來，爺爺在這段時間要照顧好身體。還有凱蒂阿姨的藥物我幫她放在木桌最右下層小抽屜裡，要請她記得按時吃藥。」

橡倫低頭望著小紅帽說：「爺爺記清楚了，記得在外面要聽法卡克先生的教導，別自己擅作主張隨便亂跑，知道嗎？」

「知道了！」小紅帽仰著頭微笑回答著。

「好啦！我們要趁著迷霧森林還未起濃霧之前穿越森林，沒太多時間在此地耽擱了。」法卡克拿起金屬權杖說著。

一行人正在大廳內準備起程，法卡克看見小紅帽在一旁檢查著隨身物品，趕緊趁機走到橡倫身旁小聲說道：「我的老友，等我們離開後你也可以準備一下要帶去聖城的物品，洞穴裡的這些人就由你來打理，我帶著小紅帽先走一步。」只見橡倫望著小紅帽點一點頭後不發一語。

眾人收拾攜帶物品後隨即離開石穴大廳，橡倫在山坡道上向一行人道別。一行人從山坡道一路來到白霧山峰的山腳處，一段路上眾人皆無交談，讓小紅帽感覺到這些人像是一離開山穴就進入警戒狀態一般，每個人都綳緊神經的注視著周遭任何細微變化，彷彿外面世界真的就如爺爺所說這般可怕。

「小紅帽！我與其他人去前方的木柵欄處牽取坐騎，很快就會回來這裡，請妳在這裡稍待一會兒。」法卡克手指著前方的紅木柵欄對著小紅帽說。

小紅帽隨著手指方向望去，有六匹褐色駿馬在柵欄邊，隨即看見其餘五人已經往柵欄處行走，趕緊回頭對著法卡克說：「小紅帽知道了，小紅帽會在這裡等待法卡克先生。」

法卡克對著小紅帽點頭微笑後便往柵欄處走去。小紅帽在此時陷入閒置狀態，便悠閒掃視著處在自身後方的大溪河。朝著溪河上方望去，巍峨險峻的白霧山景呈現眼前，溪河中的溪水順著山腳下峽谷缺口洶湧直瀉而下，然後再沿著岸邊樹草叢生的河道行走。最終來到自身面前的這一處低窪地，形成了一個清澈透明、深不見底的水潭。

小紅帽找到一根躺在地面上的大圓木，於是移動著身軀坐在圓木上頭，雙手捧著下巴靜靜望著水潭上的溪水。觀望片刻後忽然間腦中閃過一道思緒。「對了！我等等離開後就要再隔很久的時間才能再對河神進行膜拜，我得趕緊再對河神膜拜一次，並告訴河神我要出遠門旅行，需要隔一段日子才能再度膜拜來表示感恩之意，也順便請河神幫我照顧橡倫爺爺。」心意已定，隨即跳下圓木走至水潭岸邊，雙手將頭頂上的紅色兜帽給掀向後方，隨即雙膝跪地、雙手合十的面對著前方水潭。

「別掀開兜帽！快將兜帽戴好！」小紅帽聽見有人在後方大喊，隨即回頭向後觀看，只見賈路放掉手中韁繩正快速的往自己跑來，表情顯得相當緊張並且一直重複著剛才所說的話。

正當小紅帽自己感到疑惑之時，一股炎熱的氣息從腹部直衝咽喉，小紅帽感覺到身體內的五臟六腑都被灼燒，彷彿體內有股熊熊火焰正在釋放出它的熱能，這股炙熱氣息正在咽喉間反覆衝撞，而這股熱能似乎想從咽喉處逃脫而出。

「啊……」小紅帽因忍不住體內疼痛而發出痛苦的哀叫聲，雙手緊壓著疼痛的腹部仰倒在地，身軀還不時的左右滾動，表情顯得極端痛苦。

賈路奔跑到小紅帽身邊，立即彎下腰身正想抱住小紅帽之時，小紅帽忽然起身並用雙手緊抓著賈路的白色長袍，隨後臉部表情變得相當凶狠可怕，並用充滿鮮紅血絲的凶惡雙眼瞪著賈路大喊說：

「可恨的人類！我要你們通通消失！我一定要將你們給消滅……」賈路不等小紅帽說完話語便立即幫小紅帽戴上紅色兜帽，兜帽一戴上後小紅帽便立即癱軟的暈了過去。

賈路抱起了小紅帽轉身面對著跟隨在後的一行人，只見法卡克老師低頭不語陷入沉思，其他人則是不發一語默默的望著法卡克老師，一群人似乎正在等待著法卡克老師的下一步指示。

賈路心中明白法卡克老師在思考什麼，剛剛小紅帽所說出的話語可不是由小紅帽所發出，而是由封印在小紅帽腹部中的狼王所喊出。這也代表其他狼獸人應該也感受到狼王存在的氣息，必定會派出眾多精銳的狼獸人戰士來搶奪小紅帽，大夥都能理解到事情的嚴重性，所以都靜靜等待法卡克老師的抉擇。

「放棄馬匹！放棄不必要的物品！只攜帶簡便的必需品，我們要徒步穿越『雙子山洞』。」法卡克雙眉深鎖的說著。

【撰寫者手札】

戰役結束後，女嬰被法卡克抱回聖城安置。時間一晃就經過了半年，長老會裡一些特殊異能者都無法對女嬰腹中狼王做出任何殲滅的舉動。原因是因為在女嬰腹中的是一個靈魂而非實體，若貿然想取出魂魄可能會導致女嬰的死亡，而讓狼王的魂魄回歸到自身本體使其重獲新生。

聖皇在當時相當重視這件事情，屢次詢問長老會裡人員，到底有沒有研究出殺死狼王的方法，畢竟聖皇不想再一次號召群眾走上戰場來面對狼王所帶領的狼獸人族群。法卡克也是長老會的一員，當時為了配合血魔法師封印狼王的靈魂而跟隨著聖殿會戰士們出征。他深知這位女嬰乃是血魔法師的親骨肉，絕不能在毫無把握下進行有可能危及到女嬰性命的任何舉動，於是他向聖皇提出了匿藏女嬰的做法，再經由他指派的人選來撫養女嬰，並且每隔一段時間定期的觀察女嬰任何細微變化。

法卡克也請聖皇去要求長老會必須在這十四年的光陰內研究出解決方案，並確保能奪取狼王的性命。

護衛騎士橡倫被聖皇麥爾登親自賦予藏匿與扶養女嬰的重責大任，並選擇在諾亞大陸最南方的白霧山峰內躲藏。這座山峰原本是征戰西方巢穴的前線根據地，長老會裡的血魔法師們曾經在此設下結界，這層結界能確保狼獸人無法侵入到白霧山峰內。在戰爭結束後這座根據地也相對退去了往日的軍事地位，然而在這次決策中又讓白霧山峰展現出了它在人們心目中存在的價值。

Ch 4
初次交戰

「小紅帽已經暈睡將近一天的時間，這屬於正常現象嗎？」庫傑揹著小紅帽在滿是碎石的地面上邊跑邊說著。

並沒有人回答庫傑的問題，庫傑只知道他們這一行人已經從小紅帽昏倒那一刻起便開始往西北方奔跑。他們一路上皆無停歇也無進食，就連身旁的景像都沒時間多望一眼，抬頭觀看前方夕陽已達雙子峰頂，再過不久黑夜便會降臨在這條毫無人煙的小徑上。

法卡克抬頭看著天際說：「我們必須在天黑前進入雙子山洞，看來時間不多了，我們得加快腳步爭取時間。」

「法卡克領隊！我們還要跑多久啊？我又餓又累加上雙腳相當疼痛。」艾力滿頭大汗氣喘喘的說著。

「叫你平常多增強體能你就懶惰，才跑這些路程你就承受不了，你看庫傑背上可是多揹了一位小紅帽，庫傑都沒在喊累了你卻一副蒼白的臉。」賈路臉帶微笑的挖苦著艾力。

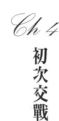

「別人笑我可以，但就只有你不能笑我！我跟你拼了！看你和我到底誰在還沒到達雙子山洞前就先行倒下。」艾力說完便滿臉堅定，加快腳步向前奔走。

「這位愛面子的王子就是要用言語激他，他才會拿出隱藏在體內的優秀能量。」賈路瞇著雙眼小聲說著。

＊　＊　＊

諾亞大陸的西方盡頭有一座廢棄碉堡，這座碉堡是在西方大陸尚未被狼獸人占據之前，由地精一族所建造而成。當狼獸人族群統治西方地區時，這座碉堡便被地精一族棄守而任由荒廢。

狼王運用自身知識在此區繁殖狼獸人並將廢棄碉堡改建成為狼族巢穴，以做為往後進攻人類領地的根據地。

「我感覺到你了！我的父親！我感覺到你的力量正在恢復。」一位全身雪白的狼獸人坐在由動物骨頭製作而成骨椅上，臉頰上佈滿著白色鬍毛並擁有一藍一紅的雙眼，雙手都套著一只鐵製拳套，拳套的前緣各有三隻鋒利鋼爪，鋼爪上面還有著那一藍一紅的雙眼。

「戰狼父親！是不是有狼王爺爺的下落了，狼王爺爺要回來領導我們去屠殺那些可恨的人類族群了嗎？」一位體型矮小白色狼獸人正對著坐在骨椅上的戰狼說著。

「不！我的孩兒！在大舉進攻屠殺人類之前，我必須先親自前往去迎接狼王父親回家。你去幫父親傳達命令，叫『雄獅』叔叔幫我挑選幾名身手矯健的狼獸人跟隨我一起去迎接狼王父親回家。」戰狼對著小狼獸人說。

「好！孩兒馬上去！」小狼獸人回答完後便往房間外跑。

戰狼起身離開了骨椅走向前方骨架，骨架上吊掛著一套鐵製甲冑與金屬長靴，伸出右手掌撫摸骨架上的甲冑說：「父親！經過了十四年我終於找到您了。請您再忍耐一會兒，我一定會盡快將您給帶回巢穴並讓您回歸本體，接著再帶領我們狼獸人一族去殲滅那些可恨的人類。」

＊　＊　＊

天色逐漸轉暗，夕陽的餘暉沒能穿越過雙子峰山脈，黑夜暗影已經悄悄籠罩在小徑上奔跑的護送隊伍，讓這一行人只能憑著微弱光線來分辨方向。

「我們到了，前方那顆巨大岩石便是入口處。」法卡克停下腳步，手比著前方一顆土黃色的巨石。

「老了吧你！看你汗流浹背的！看來跑這點路讓你吃足了苦頭，果然長途跋涉不適合老人家來，哈哈……」艾力在譏笑著賈路。

「年輕人！能不能站起來再跟我說話啊！」賈路表情不屑看著癱軟在地的艾力。

一行人來到巨石旁停下，賈路身上的白袍則是已經被汗水浸得濕透，而艾力更是躺在地上臉色發白的猛深呼吸，只有庫傑與耶妮亞從小便有在部落裡鍛鍊過身軀，所以他們兩人比較能應付長途奔走的疲累。然而不感到疲累的還有闇精靈莉蓮娜，由於身懷闇精靈的獨特體質，讓她在體力消耗低於人類種族的一半，所以讓她經過了一天的長途奔跑也不會感到相當疲累。

「我怎沒看到山洞入口？」庫傑巡視了巨石周圍，只有數根較為粗大的藤蔓根貼附在巨石表面上，仔細觀察後並未看見任何允許讓他身軀能通過的空間。

「這顆岩石只是偽裝，只有少數人才知情，目的就是不想讓不知情的人士進入這個山洞，賈路與艾力來幫我將巨石推開。」法卡克走向巨石右側，雙手掌緊貼在粗糙的岩石表面上，賈路跟艾力隨即上前幫助推開巨石，在三人同時運力之下，龐大巨石慢慢的像一扇門扉般被推向左方。

「原來是一扇石頭門！」庫傑驚訝的說著。

巨石被推開到容許一人通過的空間便停止下來，正當法卡克要進入岩石與藤蔓相隔開的來空間時，忽然聽到後方傳來庫傑的聲音。

「小紅帽醒了！她終於醒了！」庫傑很開心並彎膝蹲低身軀好讓小紅帽的雙腳能碰觸到地面。

法卡克聽見話語便立即轉身回頭往庫傑方向走去，並迅速的來到小紅帽面前蹲下問說：「小紅帽！妳現在有感覺到身體的任何不適嗎？」

小紅帽揉一揉雙眼說：「對不起法卡克先生，我睡著了。」小紅帽說完後抬頭看一下天色後立即滿臉慌張的繼續說道：「啊！已經天黑了，我都還沒有開始撰寫今天旅行的經過。」小紅帽轉頭看向自己左肩膀處，發現自己所背的小包袱已經不在自己肩膀上，隨即慌張的將目光移往自身腳下地面上。

法卡克雙手放在小紅帽的肩膀上說：「小紅帽！記住我現在說的話，在到達聖城之前千萬不能再任意脫下頭頂上的紅色兜帽。當然也包含身上所披戴的斗篷，至於原因是什麼，這到達聖城之後我再將詳情告訴妳，知道嗎？」

「好的，小紅帽知道了。」小紅帽心中很想立刻知道原因，因為橡倫爺爺也常常叮嚀著自己不得隨意將斗篷卸下，再加上即將離開白霧山峰的時候，橡倫爺爺有交代一路上要聽從法卡克先生的指示，所以自己也只好忍住想得知原因的慾望。

「出發！抓緊時間！」法卡克做出了指示，並隨即帶頭進入了已經開啟的通道空間內，隨後一行人也跟隨在其後進入漆黑的通道內。

巨石門被賈路、艾力跟庫傑三人合力給關閉，洞穴內立即變得一片黑暗。法卡克與賈路手中的權杖水晶在此時綻放出了光亮，一前一後的將光源放在隊伍前頭與後方。

這是小紅帽第一次看見除了白霧山穴以外的洞穴，她相當好奇睜大著雙眼四處觀望，這個洞穴跟白霧山峰的山穴有著很大不同，因為這個洞穴的周圍岩壁並不是很平坦，彷彿是在挖掘過後並無再做任何細磨的動作。而在洞穴頂端更是有許多柱狀岩石由頂部石壁向下突出，每根岩石柱條的尾端都呈現出尖頭狀，看起來就像生長在牆壁上的石頭尖牙。由於洞穴裡的上下間隔空間極大，所以每隔一段距離就會有數根較為粗大的巨大石柱連接地面與洞穴頂端。

法卡克走在隊伍的最前頭並舉著手中權杖，眼見前方道路被黑暗給完全籠罩，於是放緩腳步開口說道：「大夥一定要跟緊腳步，因為危險總是喜歡在黑暗中悄然襲來。」

一行人持續往洞穴深處行進，小紅帽感覺到越往洞穴深處地形就越寬闊，頭頂上的尖牙狀石柱也越來越少，有許多石柱甚至被折斷，地面上也佈滿著許多大大小小的碎岩石，顯然是吊在頂端岩壁上石柱斷裂之後所的產生小碎石。

小紅帽也感受到洞穴內的溫度越來越悶熱，就連牆壁表面也乾燥的毫無水氣。空氣中也有著相當怪異的臭味，這種味道自己未曾聞過，加上洞穴裡的溫度會如此悶熱，心中不免好奇而想得知其中原因，但是抬頭看到一行人表情凝重並無任何交談，只好緊閉著雙唇跟隨在艾力王子身旁。

小紅帽跟隨著一行人在行走約三哩路後，發覺這一路上道路越來越寬廣、平坦，也沒有深陷的地表跟深溝，而且洞穴的構造也越來越方正與空曠，照這種格局看來，這裡似乎曾經是個重要的聚集之地。

此時法卡克停下腳步，他把手中的金屬權杖給舉高，好讓他的視野能看更遠一些。「真是糟糕！三座鐵閘門都被撞開。」法卡克舉著金屬權杖在自己面前左右揮舞著。

小紅帽看見面前有三個寬廣的方型通道，這三個漆黑通道大小與形狀都幾乎相同，顯然是經過精心嚴密的鑿挖而形成。每個通道附近都有一扇相當厚重的鐵製閘門，扭曲著外形平躺在地，顯然是由通道內將鐵閘門向外推撞所造成的，而且撞擊的力道還相當強勁猛烈。

「從現在起緊跟著我的腳步，我們將走近這個洞穴裡最危險的一段路，在未到達出口之前請大家保持沉默並跟隨我的腳步。若能幸運走出這座洞穴的話，我會很樂意向大家敘述這座雙子山洞的由來。」法卡克說完便高舉權杖往左方通道走去，隨後一行人也跟隨前往。

跨過了厚重的鐵製閘門，一行人一同進入了最左邊的方型通道，這條通道被挖掘的相當廣闊，就算一行七人在通道內並肩行走也不會感覺到過於擁擠。大夥行走不到一哩的路程，小紅帽便感覺通道裡的風勢有點不對勁，加上空氣中瀰漫著一股淡淡的腐臭味，感覺前方似乎有什麼東西在擾亂空氣中的氣流，而且這東西一定是相當的惡臭難聞。

法卡克也查覺到了空氣中的細微變化，馬上舉起左手臂並停下腳步，大夥也隨即停住腳步凝視前方，小紅帽在此時更加確定前方一定有某種物體。

「沒想到牠竟在此通道內，我們慢慢的退出去，改走最右方的通道。」法卡克話剛說完，通道上方的磚石岩壁便撒落下無數細小沙粒，接著從前方暗影深處傳來一陣陣的腳步聲，沉重而響亮。

法卡克看見前方暗影處有物體在快速移動，便立即轉身大喊：「快跑！快離開通道！」。

大夥聽從指示轉身拔腿就跑，庫傑迅速地抱起小紅帽往後方狂奔，此時通道深處也傳來一聲嘶吼。小紅帽從未聽過這種吼叫聲，而這個未知生物光是靠著呼吸便能影響氣流與散發惡臭氣味，並在奔跑時也不時摩擦碰撞通道左右的磚石牆壁，顯然這生物的體形絕對相當龐大。

「快！出口到了！」走在後頭的賈路第一個到達出口，不料這時眼前忽然驚見一道黑影，隨後便感覺到左肩膀一陣疼痛，低頭觀看自己左肩膀的疼痛處，一支黑箭矢正不偏不倚的插在自己左肩膀上。

艾力發覺到賈路遭受到攻擊，立即舉起手中盾牌跳上前去用自己身軀護住受傷的賈路，並努力的將視線集中在正前方黑影上，手中盾牌也將自己身體給遮蔽的很好。這時艾力看見在暗影裡有數道身影在緩緩移動，等影像越來越清晰時便驚訝的開口大喊：「狼獸人……」

法卡克這時也到達了通道出口處，看著眼前迎面而來的狼獸人超過二十人，每位狼獸人皆是身穿戰甲手持著兵器，內心在此時確信了，現在還會有如此數量的狼獸人存在，這證實了長老會情報是正確的，狼獸人一族一定又在某個地點另起爐灶並且大量繁殖。

法卡克觀看著四周，深知與狼獸人在光線不明亮的地區戰鬥將會相當不利，於是心中思緒一轉便開口說道：「大夥先往右方通道跑去，我與莉蓮娜先去引開狼獸人。」法卡克說完便朝著莉蓮娜看了一眼，看見莉蓮娜雙手已經分別握著一把匕首，便隨即回頭舉高著權杖衝向前方的狼獸人群。

艾力扶著賈路努力的往右方通道行進，庫傑則是繼續抱著小紅帽跟隨在後，耶妮亞則是拿著賈路的發光權杖在前頭照亮著前方視野。狼獸人看見人類隊伍已經開始往右方快速移動，便隨即發出嚎叫聲拔腿追趕著人類隊伍。法卡克與莉蓮娜也在此時展開行動，兩人一左一右平行的奔向狼獸人們，兩人此時所展露出的銳利眼神在黑暗中更特別令人畏懼。

後方通道內傳出的巨大腳步聲越來越靠近通道出口，地表在此時也產生了細微的震動，頭頂上磚石細縫不停的撒下灰白細沙。法卡克與莉蓮娜越來越接近狼獸人，法卡克手中權杖所發出光亮已經能清楚照射到帶頭奔跑的狼獸人身上。法卡克發現這名帶頭的狼獸人擁有雪白皮毛，一藍一紅的雙眼在白光照射下更加明亮，隨即想到狼王的身形與雙瞳顏色也是與這名狼獸人相同，趕緊轉頭往耶妮亞的方向望去，發現小紅帽依舊安穩的在庫傑腰間旁，心中這時起了猜疑，「難不成是……狼王的兒子。」

在法卡克思考的同時，莉蓮娜已悄悄的展開了攻勢，一把鋒利匕首伴隨著手臂揮舞射向帶頭的白色狼獸人。只見白狼獸人舞動著手中鋼爪，瞬間便將疾射而來的匕首給打落在地，白狼獸人並未停下腳下奔馳的步伐，仍然不理會法卡克與莉蓮娜兩人，持續往耶妮亞所帶領的五人隊伍方向追趕。

法卡克眼見莉蓮娜的攻擊失利，立即雙手緊握著金屬權杖的尾端，口中念著不為人知的古老咒語，頓時權杖頂端上的水晶白光瞬間變成耀眼綠光，隨即雙手同時抬高並微微的向後伸展，準備做一個由上而下的揮擊動作。

正當手中金屬權杖準備發射出水晶綠光時，莉蓮娜忽然將法卡克給撲倒在地，隨即一道龐大黑影從法卡克的肚皮上跳過。黑影跳越過法卡克與莉蓮娜兩人而落在白色狼獸人面前，二十幾名狼獸人皆被這道龐大黑影給震憾住而停下了腳步。狼獸人們看見這道龐大黑影後便開始不約而同的向後方退了幾步，跟這道龐大黑影保持著二、三十步的距離。

法卡克隨即拾起權杖從地面上爬起，再次舉高權杖照亮著前方這道龐大黑影，卻發現眼前這道黑影竟是自己最不願看到的遠古生物，隨即放低手中權杖低聲對著莉蓮娜說道：「真是謝謝妳的搭救，剛才若不是妳及時將我撲倒在地，我看我這條老命應該早被這條『岩龍』給奪走了。」

耶妮亞一行人也被這道龐大黑影給吸引住目光，紛紛停下腳步觀望著眼前這隻龐大生物。小紅帽藉由微弱的白色光線觀看著眼前生物，發現這隻龐大生物竟是一條罕見的「龍」，但這條龍外表跟白霧山峰隧道內的有所不同。這條龍全身上下都被岩石給包覆著，背上的一對翅膀也小了許多，大腿四肢到處佈滿著大小石塊，身體末端還長著一條粗大的岩石尾巴，雙顎上下皆插滿著又尖又長的岩石尖牙，牙縫間還不時冒出灰濛濛的岩石粉末。

「該怎麼辦？法卡克跟莉蓮娜被這條石頭龍給阻絕了退路。」艾力一手扶著賈路一手比著岩龍，心裡相當清楚目前的危險處境，一方面要逃避掉狼獸人的追擊，另一方面還要避免跟眼前這條體型龐大的生物接觸。如果法卡克與莉蓮娜沒在這隻石頭龍對面就好辦事，因為大夥可以趁著這條石頭龍而暫緩了狼獸人的攻擊時機，快速的進入右方通道來逃離這個小戰區。

就在艾力說話的同時，岩龍已經把目光放在耶妮亞手中的權杖上，隨即將身軀轉向面對著耶妮亞這一行人。艾力見狀立即將賈路交付給身旁的庫傑，隨即拔出腰間上的配劍說：「你們先緩緩退後，要是這條石頭龍跑過來我會引開牠，那你們就要趁著這段時間加快腳步逃離這裡。」艾力蹲低了身軀，擺出防禦姿態看似已經準備好隨時迎接眼前這條岩龍的任何一舉一動。

耶妮亞與庫傑開始緩緩的挪動腳步向後移動，岩龍發覺到水晶光芒正在緩緩移動的遠離自己，隨即以粗大的岩石大腿朝著耶妮亞方向移動追趕。

「你們快跑！別管我們！別讓大夥都陷入危險處境。」法卡克對著艾力一行人發出大喊，同時並將手中權杖白光催發的更加光亮，想利用比耶妮亞更加光亮的白光來吸引住岩龍目光。

岩龍在這時轉頭看著法卡克，但吸引岩龍目光並不是更明亮的光線，而是被法卡克那由喉嚨大喊出聲的話語給吸引。岩龍似乎相當討厭巨大噪音，只見岩龍表情瞬間變得極度憤怒，口中不斷冒出更濃密的灰白塵霧，忽然之間岩龍張大了嘴，瞬間從口中冒出大量的細沙灰塵，一大片塵煙快速的襲向法卡克與莉蓮娜，轉眼間法卡克與莉蓮娜就被這一片沙塵給籠罩的不見人影。

岩龍隨即發出低吼，表情同樣憤怒的看著耶妮亞手中水晶白光，隨即下顎微微上揚，只見岩龍的腹部在一瞬間膨脹起來，有如池塘邊青蛙將肚皮給鼓的很大很大。

「快……跑！」艾力心知岩龍準備對他們這一行人發動攻擊，隨即站穩著腳步並大喊著要其他人快速進入右方通道離開這裡，就在艾力的吶喊聲還在通道內迴盪。同時間岩龍膨脹的腹部瞬間被撐起，膨脹的氣體經由腹部快速到達喉嚨處，岩龍立即張大了上下雙顎，一顆外表呈現火紅色的炙熱石塊隨著岩龍頸部擺動疾射而出。

耶妮亞驚訝發現這顆石塊來的相當迅速，自己無法躲避掉這顆朝著自身而來的致命石塊。就在火紅石塊快要擊中耶妮亞之時，艾力在同一時間發揮出了驚人的爆發力，隨即一躍向前趕到耶妮亞的面前並用手中盾牌擋下了石塊。但這顆石塊實在來的太過強勁，並非一人之力便可抵擋下來，在猛烈的碰撞之下，艾力整個人被石塊的衝擊力給彈向後方，手中盾牌也在同時因緊握不住而掉落在地。站在身後的耶妮亞也來不及閃避就被艾力身軀給撞個正著，兩人都承受不住強大的衝擊力道而一起彈飛數步遠後倒臥在地。

「耶妮亞！艾力！」庫傑一邊扶著賈路一邊又抱緊著小紅帽往耶妮亞方向走去。

艾力在此時看見耶妮亞手中權杖正掉落在自己身旁，便隨即爬起並撿起發光權杖說：「我去引開石頭龍的注意力，庫傑！你先帶著他們遠離這裡，我等等隨後就跟上。」艾力說完便撿起掉落在前方的盾牌，低頭看著地面上的銀白盾牌訝異著說：「我的天啊！父親要是知道了這面盾牌的下場後肯定會殺了我。」剛剛那顆疾馳而來的石塊就黏在盾牌表面上。這顆火紅石塊彷彿相當灼熱，連堅硬異常與極度冰冷的寒霜盾牌都被融化出一個大洞，而這顆石塊就這樣硬生生鑲嵌在這個被融化而內陷的洞內。

「咻……咻……」戰狼趁著岩龍背對著自己並正在攻擊人類隊伍時，於是便命令狼獸人弓手朝著沙塵霧中發射箭矢，想讓沙霧中的兩名人類死於亂箭之下。

艾力聽見箭矢的咻咻聲從狼獸人所在位置傳出，立即看見許多箭矢在沙塵霧中穿梭而出，兩邊隊伍皆陷入危險困境，艾力腦中頓時陷入一片混亂、不知所措。

「艾力王子快把你的頭盔脫下來丟往石頭龍面前！要丟得越接近石頭龍越好！」庫傑在艾力的後方發出大喊。

艾力回頭看著庫傑，庫傑眼神正看著坐在一旁地面上的耶妮亞，立即將目光移往在耶妮亞身上。只見耶妮亞左右雙手中各拿著一罐藥劑瓶，快速的打開手中藥瓶塞子便將瓶內藥水往自己口中倒下去，再用雙手拔下兩根插在面具頂上的白色羽毛置於手掌內，隨後便將雙手放在膝上毫無任何動作。

艾力雖然不明白為何庫傑要自己卸下頭盔並往石頭龍面前丟，但猜測可能是耶妮亞會有所動作，於是便立刻拿下自己所戴的專屬頭盔奮力往岩龍方向丟擲而去。

銀白頭盔以拋物線的弧度飛行片刻後掉落，頭盔落地後隨即在地面上滾動了起來，岩龍被這頂滾動的頭盔給吸引住了目光，不久這頂頭盔便在距離岩龍不遠處的前方停止了滾動。

岩龍對這頂銀白頭盔感到好奇，於是上前二步想更靠近一點看清楚頭盔，原本光滑的頭盔兩側卻在此時展出一對白色羽毛，鋼板面罩下方也立刻變成尖銳的鷹喙形狀，頭盔上漆黑眼洞慢慢的浮現出一對深紅色雙瞳。

岩龍的目光被這對血紅雙眼給吸引著，岩龍看見在頭盔上的雙瞳裡映照著自己臉龐，隨即把頭顱壓的更低更靠近頭盔上雙眼。當岩龍雙眼更接近頭盔上的血紅雙瞳時，紅色雙眼就在這時放射出紅色光暈，岩龍因為受到紅光的刺激而趕緊閉上雙眼，並反射性將頭顱抬起遠離地面上的銀白頭盔。

岩龍擺動著頭部左右搖晃了兩下，彷彿剛才的刺眼紅光讓牠有點目眩，經過片刻時間的調適後便慢慢撐開了眼皮，睜開雙眼後卻看見面前站著一道身影，而這道人影右手拿著一根木杖左手拿著一本已經翻閱開來的書冊，口中唸唸有詞的用手中木杖指著岩龍身軀。

岩龍彷彿認得此人，一看見眼前這道身影便發出狂吼奔跑向前，想用龐大的身軀來輾壓眼前這道熟悉身影，然而這道身影卻是在即將被輾壓的一瞬間飄往左方閃避岩龍撞擊。

「吼……」岩龍再度發出憤怒的吼聲並轉身再度朝著眼前身影而去，憤怒力量讓岩龍奔跑的更加迅速，此時岩龍肚皮又再一次的膨脹了起來。

「庫傑你看！這條石頭龍好像發了瘋似的往狼獸人方向衝，沒想到丟個頭盔而已就能有如此大的效果，早知道在還沒出發前我就從聖城多攜帶幾個頭盔再出門。」艾力看見岩龍轉移攻擊目標後說著。

「那是耶妮亞的迷幻巫術，是我們薩滿一族的祕術，只有少數高階祭司才能擁有的巫術。這迷幻巫術是將法術寄放在一項物品內，然後再藉由施法者意念來尋找出敵人的恐懼與憎恨，再將敵人恐懼或所憎恨的人事物呈現出來，如此一來便能讓敵人產生幻覺而看見迷幻虛影。」庫傑觀看著岩龍說著。

艾力聽完後便看著坐在地面上的耶妮亞說：「所以現在是耶妮亞在操縱著幻影，好讓岩龍放棄攻擊我們轉而攻擊狼獸人族？」

「沒錯！所以我們要抓緊時間趕快逃離這裡，耶妮亞無法控制岩龍太久時間，你趕緊去帶回身處在沙塵中的法卡克與莉蓮娜。」庫傑語氣急促的對著艾力說。

艾力向庫傑點點頭，轉身正準備前往右前方的沙塵霧處時，卻見塵霧邊緣竄出兩道身影，這兩道身形正是領隊法卡克與闇精靈莉蓮娜兩人。

「快往這邊走！」艾力邊揮手邊大聲吶喊著，希望能為剛脫離塵霧而出的兩人指示逃離方向。

法卡克與莉蓮娜也移動的相當迅速，不過一會兒時間已經來到了艾力一行人的身邊。法卡克的目光看了一下賈路肩膀上傷勢，再將目光轉往正坐在地面上出神的耶妮亞後便隨即開口說道：「艾力王子！請你幫庫傑扶著賈路並先帶領著小紅帽與莉蓮娜先行撤離，我與耶妮亞等等做完最後一波攻勢後便會跟上你們。」

艾力聽到指示後便立即帶領著賈路一行人往後方通道先行退離。法卡克看著艾力一行人身影已經被通道內的黑暗給淹沒後，便立即回頭對著耶妮亞說：「耶妮亞！讓我們一起來教訓這些狼獸人吧！」法卡克說完便將手中權杖高高舉起指向前方，而出神的耶妮亞在此時更加催化著自己心靈，使自己的心靈進入了「無形之境」。

岩龍在同一時間看見眼前熟悉身影正舉著木杖指向自己，腦海中受到一股仇恨力量牽引而變得更加暴躁，使原本已經鼓起來的腹部更加膨脹數倍，隨後便從嘴中噴出數量眾多的灼熱石塊朝著熟悉身影噴射而去。

感覺到不太對勁的狼獸人早已在移動後退，卻沒料到岩龍會在此時射出數量驚人的灼熱石塊，大量石塊從狼獸人的上空狂落而下。戰狼發現空中石塊來的又急又快，並且已經到達無法閃躲逃離的地步，趕緊雙手向左右各抓住一名狼獸人，隨後收手將兩名狼獸人的身軀擋在自己面前，自己則立即蹲下身軀躲在兩名狼獸人身後，就這樣這兩名狼獸人硬生生幫戰狼接下有如暴雨般襲擊而來的石塊。

戰狼耐心等待著岩石雨的結束，片刻後便起身看著手中兩名狼獸人，但這兩名狼獸人早已因受到太多石塊的撞擊而氣絕身亡，戰狼隨即雙手一放，兩名狼獸人如斷線木偶般癱軟落地。

戰狼轉身回頭觀看，發現跟自己一樣逃過岩石雨攻勢的同族狼獸人只剩下一個，隨即轉身回來思考要如何面對岩龍的下一波攻勢。就在戰狼準備轉身回頭的同時，岩龍的第二波攻勢已到，粗壯而堅硬的岩石尾巴從戰狼左後方襲來，剛轉身過半，戰狼來不及閃避這從腰際橫掃而來的攻擊，隨即感受到腰間一陣劇痛，並發出疼痛劇烈的哀叫聲，雙腳力量無法與岩龍掃擊的力道相抗衡，戰狼白色身軀在碰撞同時也跟隨著岩龍尾巴的擺動而飛了出去，直到身軀重重撞擊到山洞的磚石牆壁才停止了飛行。

戰狼撞擊到牆壁後便昏厥倒地不起，同樣躲過岩石雨攻擊的狼獸人戰士趕緊扶著戰狼身軀迅速離開雙子山洞。

「耶妮亞！可以收起迷幻巫術了。」法卡克放低手中權杖對著耶妮亞說。

耶妮亞在法卡克說完話後便張開雙掌，將原本緊握在手掌內的白色羽毛插回土黃面具上，隨即起身看著前方不遠處的岩龍。

岩龍此時因為眼前熟悉身影瞬間消失而感到震怒，於是不停的移動著腳步想尋找出那道熟悉身影。碰巧岩龍所行走的方向與法卡克及耶妮亞所在方向不同，於是岩龍越走就離法卡克他們越遠，一直到岩龍龐大身軀消失在法卡克與耶妮亞的視線之中。

「走吧！耶妮亞！我們得趕上走在前頭的艾力王子他們。」法卡克轉身舉著金屬權杖說。

【撰寫者手札】

離開白霧山峰後的護送隊伍來到了雙子峰，而護送隊伍第一處所穿越地點正是落在雙子峰山腳下的「雙子山洞」。這座山洞是在十幾年前被發現的，當時聖殿會的偵查騎士們正在追殺狼獸人，狼獸人驚慌逃亡躲進這座漆黑又陰森的山洞裡。經過偵查騎士們進入山洞內的無情追殺，所有被追擊的狼獸人皆死在此山洞之內。

在當時聖皇麥爾登發起對抗狼獸人的戰爭時，有一位護衛騎士提議讓一支精銳軍隊穿越過雙子山洞來襲擊狼族巢穴的後方陣地，再配合正規軍隊的正面攻打，這樣就能形成前後包夾的形勢來一舉擊垮狼獸人部隊。

聖皇麥爾登相當認同這項提議，於是命令聖殿會進行精準的評估與考量，經過聖殿會的考量與評估之後，也認同這位護衛騎士所提出的建議，於是決定要把這座山洞當成聖殿軍隊的臨時集結所。

聖殿會軍隊進入雙子山洞後便立即進行山洞內的拓寬以及挖通工程，以便往後戰略位置及積極做出最好的集結地點與進攻路線。

軍隊在山洞中央處分別挖出三條互相貫通的大型通道，方便大量人員進出的分流疏散。但就在聖殿軍隊即將要把最後一條尚未打通的中路通道給挖通時，卻遭遇到一頭遠古傳說中的「焰火巨龍」。

這頭岩龍從雙子山下的通道口進入襲擊軍隊，聖殿會的戰士們奮力迎戰這頭巨龍，但卻都無法對這頭巨龍造成致命性的傷害。

岩龍的灼熱火焰讓聖殿會軍隊戰士們傷亡慘重，就在聖殿戰士們節節敗退無計可施之時，一名雙手持木杖與法書的血魔法師在此時運用他自身異能力量喚出「石化術」。頓時通道地板上的碎石與牆壁上磚瓦，都在這一瞬間迅速的往岩龍身軀上集中，片刻間這些碎石磚瓦便把岩龍給緊緊的包覆起來。

岩龍受到大量岩塊土石的緊貼壓迫，所有土石岩塊也迅速滲透入岩龍表面的皮膚並合為一體，不出一會兒時間岩龍的身體便開始與岩塊土石同化，並且整個身體四肢也慢慢變得僵硬，最後岩龍就宛如石頭雕像般的石化在山洞通道裡不得動彈。

血魔法師訴說著石化術有其時效性的，時光歲月流逝許久後，石化術便會失去其效用，而這頭岩龍便會慢慢恢復到原本正常的身體狀況。聖殿會在此狀態下不得不放棄挖掘雙子山洞的計畫，為了避免不知情的人士進入此山洞內遭遇危險，於是聖殿會便將雙子山洞的入口用巨大岩石給阻封了起來。

Ch 5 分離

艾力與庫傑一行人不停的往通道深處奔跑，小紅帽在此時感受到微弱的涼風，空氣也變得越來越新鮮、毫無惡臭，心知即將到達這一條通道的另一個出入口。

經過數刻時間的奔走，小紅帽已經能借用從權杖上所發出白光看見前方不遠處的方形拱門。一行人來到拱門前發現這裡的鐵閘門也同樣被撞毀在地，顧不得多加思索，持續奔跑穿越過拱門來到通道的出口處。

通道出口處前方是一片被水淹沒的小草原，附近四周雜草眾多，但這些雜草並沒有生長的很高大，反倒是樹草下的泥水都淹過了大部分雜草，會造成此地有如一座大型淺水潭是因為在通道口的右前方有一座小型瀑布。水流經由狹長的山谷裂縫落在這片草原上，再經由草原左方峭壁缺口流出到山谷的最底層處。

艾力停下腳步看著賈路的表情顯得相當痛苦，雙唇也明顯變黑了許多，滿頭汗珠更是不停的往臉頰上滑落，想必是肩膀上的箭頭有帶毒性，看來這隻黑桿箭矢讓賈路吃足了苦頭。

「不是告訴過你身上要是沒穿著盔甲就不要跑在別人的前頭嗎？穿布衣就要躲在穿盔甲的後頭。」艾力搖搖頭並露出一臉嘆息的神情在挖苦著賈路。

「誰叫你在通道內跑那麼慢，你跑快一點就沒事了啊！」賈路回嗆著。

「我是屬於穿布衣的，跑那麼快做什麼？」艾力微笑著說。

「你最好是屬於穿布衣的啦！」賈路這時的嗓音忽然變宏亮了起來。

「讓他坐在地上。」莉蓮娜低聲說完話後便上前幾步到達通道出口的岩石階梯處，屈膝蹲下用右手掌撈起少許水潭草原上的清水，再將清水與左手掌內的藥粉混合均勻，手中藥粉經過調合後便慢慢形成黏稠的膏狀。

艾力知道莉蓮娜要醫治賈路體內中的毒素，因為艾力知道闇精靈一族是最了解毒的族群，想必也是最能解除毒素的專家，於是趕緊聽從莉蓮娜指示緩緩的讓賈路坐在冰冷岩石表面上。

「美女可要幫你塗上藥物治療，這下可讓你賺到了。」艾力低聲的在賈路耳邊說著。

「這點我倒是可以接受，要是由你這笨手笨腳的來治療，我肯定會因為你的粗魯舉動而疼痛要命。」賈路回應著艾力。

「將他壓在牆壁上。」莉蓮娜來到賈路面前說著。艾力聽完莉蓮娜話語後立即將坐著的賈路往後挪動一些緊貼著牆角，隨即雙手壓住賈路的肩膀將身軀緊緊貼在牆壁上。

「啊……」賈路大叫一聲。莉蓮娜來到賈路面前後便迅速折斷黑色箭桿，隨後快速拔出深陷在肩膀血肉裡的鋸齒狀箭頭，然後再將左手掌內預先調配好的淡綠色藥膏給塗抹上傷口，接著抽出繫在腰間上的黑色絲質緞帶將傷口緊緊包紮完全。

艾力在一旁看得直冒冷汗，這一連串的動作竟在片刻間完成，心裡不得不佩服闇精靈俐落身手與精準拿捏。

「我錯了！沒想到美女比你更粗魯！下次還是你來幫我治療好了……」賈路用滿懷後悔的眼神對著艾力說完話語後便暈了過去。

「賈路暈過去了！」庫傑在後方說著並將小紅帽緩緩放在地面上。

「法卡克他們來了！」莉蓮娜緩緩起身走向岩石階梯處清洗著染血的雙手。

艾力並沒有聽到通道內有任何腳步聲，正想扶起賈路的時候，耳邊在此時才隱隱約約的聽到微弱腳步聲，此時心中更佩服闇精靈不只是比人類更身手敏捷，連聽覺、視覺都超越人類種族許多。

小紅帽看著在階梯邊清洗雙手的莉蓮娜，那副美艷的臉孔始終保持著冷酷表情，絕不輕易流露出心中的情感，就連一路上也沒能多聽見莉蓮娜有任何的言語談話，沉默寡言與孤僻冷淡的態度令人感到相當神祕。

「賈路的傷勢如何了？」就在小紅帽專心凝望著莉蓮娜的時候，小紅帽聽見後方傳來法卡克的聲音，隨即回頭將目光放在通道出口處。

「應無大礙！莉蓮娜已經拔出箭頭並且塗上藥物包紮完全了。」艾力看著賈路傷口處回答著法卡克的詢問。

「耶妮亞妳沒事吧？」庫傑問著。耶妮亞向庫傑點一點頭表示沒事。

「天色已黑，此處不宜久留，我們得趕緊上雙子峰並在山峰內尋找棲身場所過上一夜。」法卡克說完便拿起手中權杖指向右前方的瀑布處。大夥這時才仔細看見瀑布旁有條足以行走的山谷小徑，一行人隨即跟隨著法卡克快速走進這條位在瀑布水流旁的山谷小徑內。

＊　＊　＊

一道身形高大並身穿著黑色戰鎖甲的狼獸人背影走在漆黑長廊上。「吼……」此時漆黑走廊深處傳來一陣震耳的嘶吼聲，高大狼獸人來到走廊深處一間格局方正房間內，房間裡面被牆壁上的數把火炬給照得相當明亮。

「在走廊處就聽見你的吼叫聲，看來傷勢應該是好了不少！」說話的狼獸人在火光照射下漸漸顯現出高大體形與輪廓，高大身軀被一套漆黑光亮的戰鎖甲給包覆著，頸部護甲上有著一顆長相相當兇猛的狼獸人頭顱，臉龐上還有著一條從眼角到下顎的褐色刀疤，而在兩側肩膀上各有一個像似圓盤形狀的黑色護肩甲，護肩甲盤上還刻劃著兩頭狼圖案。

「雄獅叔叔！我得知父親下落了，但是父親正要被人類帶往聖城，我們必須趕在人類到達聖城之前奪回父親。」躺在床上的戰狼全身包著絲質繃帶，身體無法動彈只能對著床鋪上的木製天花板說著。

「沒事的！戰狼姪兒！我已經跟『那個人』連絡過了，我打算將預定的日子往前挪一些，好讓可恨的人類無法提前做好準備，這樣我們就能在人類處於毫無預警跟戒備下，一鼓作氣的殲滅掉人類。」雄獅來到床邊對著戰狼說著。

戰狼勉強的緩緩移動著頭顱看著雄獅說：「可是父親還在那小女孩的體內受苦，而這位小女孩跟可恨的人類護衛隊正要通過雙子峰前往聖城。」

「再過數日我們便能在『那個人』的配合下佔領聖城，奪下聖城後人類的氣數就已盡，那些護送小女孩的隊伍還能進聖城嗎？再說雙子峰那邊的人類隊伍絕對無法在這數日內到達聖城，戰狼你又何必太在意雙子峰上的那幾隻人類螻蟻呢！」雄獅說完便看著戰狼，雄獅看見戰狼的眼神似乎有所不甘，於是蹲在床邊繼續說道：「好吧！如果你不放心，那我便派『狼翼蝙蝠』去雙子峰解決掉人類隊伍並將小女孩給奪回來。」雄獅說完便起身離開。

＊　＊　＊

「今天就在此處過夜吧！」法卡克說完便將手中的雜草樹葉鋪在地面上。

小紅帽腳下的地面上也已經佈滿著綠葉雜草，這是剛才一行人為了準備過夜而去收集來，冰冷的黃土地面鋪點雜草會比較暖和一些。

小紅帽一行人所落腳地方是屬於雙子峰山腰處的樹叢林內，這塊區域樹叢雜草相當眾多茂密，就地形而言是非常適合隱匿身形，法卡克就是看上了這點才選在此區域過夜。小紅帽側躺在雜草堆上，由於夜間奔走在崎嶇的山坡小徑上所以相當疲累，讓小紅帽沒一會兒的時間就熟睡了過去。

夜幕逐漸進入尾聲，伴隨而來是一片明亮的晨色。法卡克並沒有讓睡眠奪走很多寶貴的時間，趁著天色方明便趕緊叫醒大家繼續動身準備穿越雙子峰。

風勢漸強，晨間的霧氣似乎在雙子峰上顯得特別濃密，就連天空也有著一層薄薄的煙霧。小紅帽拉緊著紅色兜帽頂著強風行走在山坡道上，雖然雙子峰山坡道路比起迷霧山峰的坡道要平坦許多，但是風勢卻是比迷霧山峰還來的強勁，山谷中的濃霧也被強勁風勢給吹散了不少。

隨著時間的流逝，一行人來到一處較為寬闊的高山針葉林區，在眾人四周有著許多的針葉樹，地面上還遍布著許多高山芒草以及高山地區特有的蔓莖植物。法卡克讓大夥一行人在此休息片刻並且進行用餐，一行人經過短暫的休息與用餐後便又立即踏上了旅程。

「肩膀的傷好點了沒？」艾力問著賈路。

「感覺還不錯，莉蓮娜的藥膏治療效果真是好，到達聖城後跟她買個幾瓶。」賈路看著自己的肩膀說著。

「你可別找藉口來靠近莉蓮娜啊！小心我會……」艾力話語未畢就被賈路揮手給制止。賈路將艾力的左手臂給緩緩推回去，並以相當專注的神情在觀望著天空。

艾力此時也跟隨著賈路的目光往天際望去，但卻只見那山谷上空集結了一層厚實的濃霧遮蔽了山頂，還有那一陣陣強風在濃霧下朝著自己的臉頰瘋狂侵襲之外，實在是看不出這半空之中有何怪異之處。

一行人在此刻都停下腳步，法卡克也朝著山谷上空觀望一會兒，隨即回頭對著莉蓮娜說：「可有聽到任何動靜？」

「不確定是何種東西，但能確定在濃霧上頭有物體在移動。」莉蓮娜也抬頭注視著山谷上的濃霧。

小紅帽也好奇的望著天空，一整片蒼白厚實的霧氣就籠罩在頭頂上空，令小紅帽感到不解的是此地強風彷彿無法驅散頭頂這片廣大霧氣。然而這片濃霧紮實的連午間烈日都無法穿透，加上強風夾帶著秋季寒意拂面而來，讓小紅帽感受到一股涼意湧上心頭，隨即伸出雙手將下顎兩條固定兜帽的紅線拉得更緊，讓紅色兜帽緊緊貼著臉頰來隔絕寒風取得溫暖。

就在小紅帽拉緊兩條紅線的同時，一陣相當響亮的狼嚎聲從濃霧中穿透下來，此時莉蓮娜相當迅速拔出藏於長靴內的兩把匕首，猛力的射向頭頂前方濃霧團中。只聽見濃霧中傳出一聲哀叫聲後，一道黑影從濃霧團中竄出並且快速向下墜落在小紅帽面前。

黑影的墜落力道相當猛烈，地面發出「碰」一聲後隨即濺起少量的塵土黃沙。小紅帽雖然受到驚嚇後退了兩步，但也將兩眼目光專注放在這黑影身上。

黑影有著狼獸人的狼頭臉孔，但嘴上有著兩門佈滿黃垢血漬的粗長尖牙，仔細觀看狼頭的下顎明顯要比上鄂短少許多，是為了讓上鄂兩門利牙能不受到下顎的阻礙而盡情生長。小紅帽再仔細一看黑影雖有著狼獸人的頭顱，但身軀卻不是類似人類的狼獸人身軀。黑影的身軀相當短小，但卻有一雙超越了身體長度的雙腿，腳底下的四隻利爪還在抽蓄抖動著。而且背上還長著一對比自己身軀還要大上許多的黑色雙翼，整體看來像極了有著狼族頭顱的灰色大蝙蝠。

「快點跑！使盡力氣往前跑！讓我們盡快遠離這個地區！」法卡克舉起手中的權杖說著，隨後便轉身邁開步伐快跑前進。

一行人在山谷中的小徑上奔跑，濃密霧氣之中不停傳出眾多狼翼蝙蝠的咆哮聲。這一陣陣似狼的叫聲讓小紅帽感到相當驚恐，這不間斷的叫聲聽起來像是這些大蝙蝠在發出怒吼。像似怒吼著要消滅地面上的人類，又彷彿咆哮著要為死去的同伴報仇。顧不得內心的恐慌，兩隻小手拉緊著頭頂兜帽並緊跟隨著莉蓮娜快跑前進。

眾人奔走約數百公尺路後，小紅帽忽然感覺到狼叫聲越來越靠近，聲音彷彿就臨近在耳朵邊吶喊一般，隨即回頭往頭頂天際一看。一隻從煙塵中竄出的狼翼蝙蝠張大了上下雙顎，咽喉間還發出了一陣尖銳的吼叫聲，那尖銳的吼叫聲像似鑽進了自己皮膚內，讓自己內心不由得產生了恐懼而雙腿發軟愣在原地。

狼翼蝙蝠用那雙如同鷹眼般的銳利雙眼緊盯著小紅帽，並且以相當快的速度向下俯衝，緊縮雙翼下挺直著兩隻尖爪，迅速朝著小紅帽的紅色頭顱而去。

銳利尖爪來得相當迅速，轉眼間已經來到了小紅帽面前，就當利爪準備抓取小紅帽的同時，一把鋼鐵利斧猛烈的劈向狼翼蝙蝠灰色身軀。狼翼蝙蝠反應也相當迅速，立刻鼓舞著雙翼急速上升閃躲過鋼斧的襲擊，隨即在半空中又發出了尖銳的叫聲，隨後又再度俯衝準備攻擊手持鋼斧的庫傑。

「來吧！來吧！唯有戰鬥才能讓我熱血沸騰！」庫傑那雙咖啡色雙眼正凝視著向自己俯衝而來的狼翼蝙蝠，隨著空中的利爪越來越靠近自己，自己手中的鋼鐵利斧也握得越來越緊。就在庫傑將手中鋼斧向後收回準備劈砍來襲的狼翼蝙蝠之時，在後方的法卡克搶先一步舉起手中金屬權杖，金屬權杖上的水晶立即發出一道白色光箭，光箭迅速的貫穿了狼翼蝙蝠身軀，狼翼蝙蝠尖銳叫聲隨即變成痛苦的哀號聲，伴隨著牠那沉重的身軀重重摔落至地面。

「啊！我的第一個殺敵數……沒了。」庫傑望著地面上狼翼蝙蝠滿臉失望的興嘆著。

「快越過那座吊橋！」法卡克手指著前方處。

艾力在法卡克尚未發出號令時就已經護衛著賈路往前方吊橋移動，艾力心中知道賈路是最容易成為拖慢隊伍行進速度的人，而眼前又唯獨只有一條遍地佈滿落葉的小徑道路而已，所以便在法卡克發出光箭射中狼翼蝙蝠那一刻就已經帶著受傷的賈路先行移動。

在小徑路盡頭有連接著一座橫跨左右雙峰的吊橋，由兩條粗大的麻繩做為主繩，在主繩下還有著數條連接在木頭踏板上的麻繩，構出一座由麻繩與木板結合而成的吊橋，而吊橋下方則是深不見谷底的山谷斷崖。

吊橋上供人行走的木頭踏板並不寬敞，僅能讓兩名身材並不是很壯碩的人並肩通過。艾力帶著賈路已經先行走在吊橋上，然而在此時天空濃霧中掉落下許多顆大小石塊，迅速落向吊橋上的一行人。

眾人紛紛急忙著閃躲半空落下的石塊，庫傑揮舞著手中鋼斧擊開石塊，保護著耶妮亞快速奔跑在吊橋上，而在最後方的莉蓮娜與小紅帽則是由法卡克運用手中金屬權杖喚出一層白光護罩著，將有如暴雨般的大小岩石給完全隔絕在外，三人在光罩內也接著要穿越過眼前這座吊橋。

大小石塊不斷的撞擊白色光罩以及吊橋踏板，石塊撞擊木頭踏板讓整座吊橋不規則搖晃，堆積已久灰塵與木屑也不停的四處飛揚。小紅帽發現這座吊橋並不堅固，腳下踏板與連接麻繩都經過長久歲月與風吹雨淋的侵蝕，不是踏板短缺一塊就是麻繩斷裂數根，可見整座吊橋已經有相當多處已經損壞的相當嚴重，加上頭頂上大小石塊的撞擊，讓整座吊橋處於岌岌可危的狀況下。

「小心頭頂那顆大岩石！」小紅帽三人到達吊橋中央時，艾力這時在吊橋的盡頭處高聲大喊。此時在吊橋中央的三人同時抬頭仰望著天際，卻發現頭頂上方有一顆相當巨大的岩石，這顆巨大岩石由三隻狼翼蝙蝠合力夾帶而來。

「快跑！不要猶豫的往前跑！」法卡克對著天空大喊並收回舉在半空的金屬權杖，因為法卡克知道這微薄的光罩無法抵擋這顆巨大岩石，目前唯一能做的只有努力向前奔跑來閃躲過巨石危機。

法卡克三人開始奮力的往前奔跑，小紅帽在奔跑途中腳下木頭踏板突然斷裂，整個人就這樣穿越過踏板空隙而往下墜，小紅帽在驚慌之餘雙手胡亂的揮舞，剛好就在墜落的片刻抓住了前方另一塊木頭踏板，這才停止住了往下墜落的情況。

小紅帽十根手指扣在木頭踏板上，整個人懸在半空利用木板細縫看著前方的法卡克，她發覺前方法卡克仍在繼續奔跑並沒有察覺到懸在半空之中的自己。於是便立即回頭想尋求闇精靈莉蓮娜的幫助來脫離目前處境，回頭卻看見莉蓮娜站在自己後方低著頭冷眼的看著自己，她那眼神像似充滿著仇恨，微微憤怒的神情就浮現在她那美艷容貌上，這時自己才驚覺到眼前的莉蓮娜並不打算伸出援手來幫助自己。

小紅帽滿臉驚恐的看著莉蓮娜，此時頭頂上的巨大岩石也在同一時刻落下。巨石來的相當快速，待法卡克回頭觀望小紅帽情形的同時，巨大岩石已經重重的落在法卡克與小紅帽之間。

巨石與木頭踏板發出一聲激烈碰撞的聲響，隨即整座吊橋承受不了巨石的重量瞬間便斷成兩截，兩條粗大麻繩因為失去了連接點而斷裂分離，並開始以鐘擺形態迅速的往左右兩側岩壁靠近。

小紅帽緊抓著踏板隨著鐘擺的麻繩擺動，眼看自己即將跟這座吊橋同時撞上山壁，心中恐懼萬分的大喊著：「爺爺！」。

小紅帽吶喊完後整座吊橋便猛烈撞上山壁，撞擊力道讓小紅帽手握的木頭踏板瞬間爆裂，小紅帽頓時失去了能夠支撐住身體重量的木頭踏板，整個身軀在半空中迅速的往幽深山谷斷崖下墜。

就在小紅帽整個人即將遠離吊橋之時，莉蓮娜即時伸出右手抓住了小紅帽的左臂，隨即奮力的往斷崖邊上一拋，順利將小紅帽拋到斷崖邊上的地面。莉蓮娜將小紅帽拋出後便腳蹬木板返回地面上，隨即快速回頭往半空中射出三把利刃小刀，只見莉蓮娜站直了身軀後，三隻狼翼蝙蝠便哀號一聲墜落斷崖谷底。

「這座山峰還有一處出口！往西方的出口越過山脈並且前往聖殿堡壘！我們會在此處等候你們的到來！」法卡克在斷崖邊的另一頭大喊著。

就在方才小紅帽被莉蓮娜搭救的同時，庫傑也即時的握住了吊橋麻繩，並且運用他那無比的蠻力在吊橋尚未撞擊到岩壁時便把法卡克給拉了上來。

莉蓮娜看了一下法卡克後便轉身離開了斷崖邊，小紅帽也趕緊從地面上爬起觀望著法卡克，只見法卡克對著小紅帽擺手示意著要小紅帽趕緊跟隨著莉蓮娜離開這裡，小紅帽點頭示意後便快速回頭的緊跟著莉蓮娜腳步。

【撰寫者手札】

經過了危險的洞穴，護送隊伍準備遠渡這座冷峻又長年被濃霧所環繞的雙子高峰，雙子峰的山脈構造相當特別，分別是由兩座高低不同的高山所構成。在經過無數次的地殼變動，慢慢的讓這兩座高山緊靠在一起，後人便將這兩座緊貼在一起的高山取名為「雙子峰」。

護送隊伍從雙子峰的西側山脈進入，一路行進到臨近西側山脈的至高點處，這一路上山區景色與我所居住的迷霧山脈景色差距甚大。由於西側山峰遠比迷霧山峰高上許多，山上樹叢花草皆是屬於高山特有的物種，這也恰巧能讓我多認識一些外頭世界的新景物。

除了認識高山特有的新植物外，我也驚見了凶狠的空中掠食者——狼翼蝙蝠。這是一種由狼獸人與蝙蝠所混合而衍生出的怪異物種，擁有狼獸人的凶狠殘暴，也擁有蝙蝠的嗜血天性，是一種相當令人感到畏懼的殘暴生物。護送隊伍一行七人在西側要通往東側山脈的吊橋處遭遇到狼翼蝙蝠襲擊，這種殘暴生物充分利用空中優勢以及牠們那雙有力的爪牙，在石壁間抓取石塊並且砸毀連接兩座山脈的木板吊橋，讓來不及穿越過吊橋的我與闇精靈莉蓮娜被迫與隊伍分離，並轉而逃向西側山脈的另一處西方出口。

Ch 6 千窟巖洞

「不知道莉蓮娜與小紅帽他們是否逃離出雙子山脈了。」庫傑說著。

「放心，闇精靈莉蓮娜可不是弱者，小紅帽待在闇精靈身邊應該會沒事的。」賈路拍著胸膛說著。

「別擔心！我的闇精靈老婆莉蓮娜可是很強悍，沒來個數百人是動不了她。」艾力右手掌輕輕的拍著庫傑肩膀說著。

「你老婆……哈哈！人家莉蓮娜是如此的美貌，怎會看上一臉衰樣的你呢！加上你還真敢講啊！不怕給莉蓮娜聽見了，當心她賞你兩把無情小刀。」賈路譏笑說著。

「就算會賞我小刀，那也是出自於內心『愛的小刀』」艾力閉起了眼睛，並伸出雙手向前擁抱，下顎也跟著抬高並嘟起雙唇，彷彿是在幻想著莉蓮娜正給他一個深情的吻，來獎勵自己說法才是正確的。

「別理會這個已經沒救的幻想狂！」賈路看著艾力一臉陶醉的神情說著，只見一旁的庫傑也點點頭表示認同。

艾力持續以陶醉的神情在行走著，賈路與庫傑則是遠離著艾力並不時搖頭與以感嘆的眼光看著艾力。耶妮亞則是默默在後頭看著三人無趣的對話與動作，法卡克則是在隊伍的最前頭帶領著一行人行走在「帕蘭平原」上。

帕蘭平原是連接著東西方大陸的一片廣大腹地平原，十四年前那場由聖皇所帶領發起殲滅狼獸人的戰役也是在此展開。遼闊的腹地平原還遺留著少許當年戰役過後痕跡，原本應該生長出鮮綠花草的地面，因受到當年戰火無情的摧殘，導致如今多處地表已經變成焦土而無法生長出嫩芽，取而代之的便是一些碎石與岩塊。

「蹲下！」法卡克手掌向下一壓並低聲說著。眾人一看到手勢也立刻蹲在面前這顆灰白色的岩石塊旁，艾力沿著石塊的邊緣探頭往前一看，一道人形身影正騎著一隻未曾看過得不明生物在平原奔馳著。待此人影越來越接近自己的視野時，這才發現竟是一隻狼獸人坐在一隻外表像蜥蜴的生物身上。

就在艾力察覺眼前人影是狼獸人的同時，一道白色光箭迅速的從狼獸人胸膛穿越而過，坐在狼頭蜥蜴上的狼獸人哀號一聲後便摔落地面。失去背上操控之人的狼頭蜥蜴查覺到法卡克一行人，憤怒低吼了一聲並朝著站立在岩石邊的法卡克衝刺而來。

狼頭蜥蜴奔跑的速度極快，轉眼間已經相當接近在岩石後方的一行人。「這隻是我的！」此時庫傑雙腳一蹬跳上石塊，再從岩石上方大喝一聲的一躍而下，手中的鋼鐵利斧也揮出一條白亮弧線，手起斧落間狼頭蜥蜴已經身首異處斷了性命。

「總算讓我搶在你們前頭並得到我第一隻狼獸人的擊殺數。」庫傑滿臉得意的說著。

「這只是一隻蜥蜴，這隻不是狼獸人，所以你還是不能算已經擊殺了第一隻狼獸人。」艾力說著便偷偷的將狼頭給踢往身後。

「怎會……怎會是一隻蜥蜴！」庫傑低著頭滿臉失望的低聲說著，彷彿眼前這具蜥蜴屍體死得很不是時候。

「越來越多種類的混種狼獸人，看來狼獸人已經掌握了相當多混合物種的知識。」賈路看著地面上的屍體說著。

「只不過將狼頭裝在蜥蜴身上，這有何可怕之處，是怕牠們不敢再來，要是敢再來的話，就讓牠們嘗嘗庫傑手上這把斧頭的鋒利。」艾力手肘輕輕放在庫傑的肩膀上，眼神則是看著地面上這隻斷頭蜥蜴。蜥蜴全身呈現綠色並足足有兩個人類的身高長度，背上還束著褐色的皮製軟墊，彷彿是馬匹上所披掛的馬鞍。

就在賈路與艾力在互相交談的同時，法卡克來到了身中光箭而摔落在地的狼獸人身旁，看見倒臥在地的狼獸人已經沒了氣息，隨即目光掃視了一下狼獸人的身軀，查覺到狼獸人的麻布腰帶處有夾帶著一捲皮紙，立即伸手從腰帶間取出皮紙捲打開一看。

賈路來到法卡克面前，發現法卡克正專注的觀看著羊皮紙張，雙眉深鎖並且帶點擔憂的神情，於是便開口詢問：「法卡克老師，可有發現到甚麼嗎？」

法卡克將羊皮紙張捲收起來，轉身看往西邊方向說道：「這位狼獸人是傳令兵，看來這位狼獸人是想將這張羊皮紙傳達給某個人，只是很不幸的在半路上被我們給攔劫了……」

「皮紙上的內容是……」賈路問著。

法卡克緩緩說著：「是個不好的消息，皮紙上書寫著狼獸人大軍已經準備周全，將會於近期出發前往聖殿堡壘，看來我們得趕緊通知聖殿堡壘的領主，必要時我們可能需要加入這一場防衛戰。」

「這皮紙所寫得內容可信嗎？」賈路疑惑著問著。

法卡克轉身面對著賈路說：「我是不相信狼獸人的數量已經成長到能跟人類軍隊對抗的程度，但就這一路上的觀察看來，狼獸人在數量方面確實有增加，更多未曾見聞過的混種生物也相繼出現。

不管這張羊皮紙上的內容是否屬實，看來還需謹慎處理比較妥當，我們得趕緊加快腳步先前往聖殿堡壘，並盡快通知聖殿領主先準備好預防性的防禦工事。」

＊　＊　＊

經過了一日的日夜轉換，秋季的氣後也沒變化很多，唯獨頭頂上的濃霧已經消失，取而代之的是一片紅通通天際。小紅帽抬頭望著前方天際，秋季夕陽已經將大半個身軀埋進遠方的岩石高壁裡。跟隨著莉蓮娜奔走的小紅帽已經將近一天時間都未曾休息與進食，讓此時的小紅帽感到相當疲累與飢餓。

小紅帽不知道自己身處何處，只知道這一路上景色是由雙子山脈的高山叢林，漸漸轉為目前所見的荒涼貧地，四周都是暗灰色的陡峭岩壁，這些峭壁將地面上的一切景物都包圍著。地表皆是由黑土所鋪成，土壤乾燥到草木不生並且產生龜裂，隨處可見的大小裂痕更顯得此地毫無生機可言。

就在小紅帽放慢腳步觀望四周的同時，小紅帽發覺到自己與莉蓮娜的距離差距甚遠，於是快步奔跑的喊著：「莉蓮娜姐姐……等等我！」。

不知是不是小紅帽嗓聲被峭壁內的風勢給削弱了，還是小紅帽本身的嗓音不夠宏亮。莉蓮娜看來並沒有放慢腳步或是有想停住腳步來等待小紅帽的舉動，依然保持著同樣的移動速度繼續行走著。

小紅帽於是加快著腳步，來到接近莉蓮娜不到五步的距離，並重複著剛才吶喊的話語說：「莉蓮娜姐姐，等等……」小紅帽話還未說畢，莉蓮娜已經回頭看著小紅帽並搶先說出：「別靠近我！我怕我控制不了殺了妳！」

小紅帽聽到這句話語便受到驚嚇的愣在原地，小紅帽看見莉蓮娜的眼神是那麼堅決，絕對不像是在開玩笑，加上小紅帽也發現到莉蓮娜的右手已經握有一把短匕首，所以更能肯定莉蓮娜絕對有著想出手奪命的念頭。

莉蓮娜轉身回頭收起匕首並繼續往前行走著。小紅帽則是默默的跟在後頭心裡思索著「自己應該是沒有得罪到莉蓮娜姐姐才對，那為何莉蓮娜姐姐會有如此的情緒表現。最初是自己踩空吊橋木板時，莉蓮娜姐姐當時並未立即伸出援手，只是站在一旁冷眼的看著自己，直到吊橋撞擊岩壁而自己快要墜落谷底的最後生死關頭才伸出援手，現在卻又是滿臉肅殺的神情，自己到底是哪裡得罪了莉蓮娜姐姐，為何自己在莉蓮娜姐姐眼中會像個仇人一樣，看來這個問題要等到達聖殿堡壘後去詢問法卡克先生才能得知詳情。」就在小紅帽內心思考的同時，莉蓮娜走進山壁中的一條小道內，小紅帽抬頭發現到也趕緊隨著莉蓮娜進入山壁小道。

一進入山壁小道後，在小紅帽眼前是一大面的暗灰色巖壁，這面高聳巖壁與小道外頭的峽谷峭壁不同，在這面巖壁上佈滿著相當多個大小相同的孔洞，這些孔洞排列的相當整齊，顯然這些孔洞是經過精心挖鑿並規律的編排而成。

莉蓮娜一躍而起進入巖壁最底端的孔洞，小紅帽看見便立即大喊著：「莉蓮娜姐姐！別丟下我……」小紅帽喊得聲嘶力竭，但莉蓮娜依然頭也不回消失在孔洞內的陰暗裡。

小紅帽會無法跟上闇精靈莉蓮娜的腳步是因為巖壁最底層孔洞距離地面足足差距有二十公尺遠，一般人類是無法在不借用任何工具的情況下到達這高達二十公尺高的孔洞。

「莉蓮娜姐姐！求求妳……我想趕緊到達聖城，然後趕快回去迷霧山峰陪伴著爺爺，請別拋棄我！莉蓮娜姐姐……」小紅帽心中猜想的到，莉蓮娜可能不想帶著自己前往聖城，從這幾天莉蓮娜的行為舉止來判斷，莉蓮娜應該是想把自己丟在此地。一想到自己無法盡快到達聖城並且盡快返回迷霧山峰陪伴爺爺，小紅帽獨自一人站在巖壁面前低聲哭泣著。

「迷霧山峰的爺爺……看來女法師的女兒還不知道詳情。」一陣低柔的嗓音從小紅帽身後傳出，小紅帽驚訝的趕緊回頭一探，一位皮膚灰黑但容貌卻相當唯美的闇精靈女性就站在自己背後。然而這位女闇精靈不知何時靠近自己的，竟然能在自己毫無知覺下的站在自己背後而不被自己發覺，看來這位女闇精靈也跟莉蓮娜姐姐一樣是位能力高強的闇精靈。

小紅帽覺得眼前這位女闇精靈應該也能跟莉蓮娜姐姐一樣輕鬆的躍上巖壁到達孔洞，於是便立即開口說出：「能請妳幫幫我嗎？我想上去牆壁上的那個孔洞內。」小紅帽說完便手指著方才莉蓮娜進入的孔洞處。

女闇精靈往前幾步說著：「妳不怕莉蓮娜殺了妳？」。

「我不擔心莉蓮娜姐姐會殺了我，因為如果她想殺我早就下手奪我性命了，不用把我從大老遠的地方帶到這裡。莉蓮娜姐姐肯定是因為某種原因想殺我但是卻又不忍心下手，只好將我帶到這裡毫無人煙的地方，讓我在毫無幫助下自然的飢餓死去，這樣做既能奪我性命又能不用親自出手，最後莉蓮娜姐姐只需要再幫我找個合適的地點安葬即可。」小紅帽說出自己的分析。

「小小年紀便能有如此的洞察力，真不虧是女法師的女兒。」女闇精靈看著巖壁上的孔洞說著。

「闇精靈姐姐，妳已經說出兩次女法師的女兒了，莫非我母親是一位女法師？請問姐姐妳認識我的父母親嗎？」小紅帽積極的詢問著。

女闇精靈轉身面對著小紅帽說：「少數知情的人類都在隱瞞著實情，為了就是能讓妳在不知情的狀況下安全成長。看來莉蓮娜會帶妳前來這裡，應該是她也覺得是該讓妳知道真相的時候了。」

小紅帽一聽完眼前的女闇精靈話語便心感領悟，原來莉蓮娜姐姐帶自己前來這裡並不是要結束掉自己的性命，反而是想讓自己知道一些被隱藏至今的真相。於是小紅帽趕緊接著開口說道：「麻煩請闇精靈姐姐告訴我真相。」

女闇精靈仰頭望著天際緩緩說出：「這要從十四年前的那場戰役說起……」

＊　＊　＊

一道黑色身影快速的在樹林間穿梭，而在黑色身影後頭不遠處有一隻狼獸人正在追趕著黑影。這名狼獸人有著高大魁武的身軀，並且雙腳離地的快速在樹林間漂浮移動，牠的雙手套著一副鋼鐵利爪，並擁有一雙獨特的藍紅雙瞳以及全身雪白無垢的毛髮，在樹林追逐間形成強烈的顏色對比。

黑色身影穿越出樹林後便來到一片小草原地，在草原地旁有一個深度相當深且又廣闊的大坑洞，黑色身影到達大坑洞後便毫不猶豫的往下跳，身後的白色狼獸人見狀後也隨即跟著跳下坑洞。

「聞名天下的闇精靈席林娜怎不逃了呢？是否發現無法逃避掉我的追殺，所以妳選擇不逃跑了嗎？我剛剛發現這裡風景優美，加上現在所站的地方是屬於一個大窪地，妳選擇這裡當妳的墓園還真是有眼光，哈……哈！」白色狼獸人看見闇精靈席林娜不再奔逃，隨即大笑出聲並嘲笑說著。

席林娜轉身回頭面對著白色狼獸人說：「你也只剩下此時能嘮叨了！」席林娜說完後，半空中忽然出現數道黑色煙霧，這些黑霧迅速的來到席林娜頭頂上，並開始持續往席林娜的兩側肩膀裡鑽。

白色狼獸人開始注視著席林娜的一舉一動，白狼獸人查覺到這些黑煙霧並不尋常，因為此時天際上空一片蔚藍，會出現這些不明黑煙肯定是眼前的闇精靈所為，於是相當專注的凝視著席林娜。

黑煙漸漸完全被席林娜的雙肩吸收掉，白狼獸人也擺出了戰鬥姿態，因為牠了解等這些黑煙消失後，闇精靈席林娜必定會有所動作。正當白狼獸人將專注力放在席林娜身上的時候，大窪地後方傳出了一陣吶喊聲「狼王！這裡不是闇精靈的墓園！這裡是我們特地為你所準備的長眠之地！」。

狼王驚覺到背後有人，猛然回頭看見一位帶著兜帽的女子佇立在身後，身體披著一件紅色斗篷，並用她在兜帽下那雙閃著白光的雙眼怒視著自己，左右雙手各捧著一顆白色水晶球。

席林娜在狼王將目光放在紅衣女子身上的同時也率先展開攻勢，手中兩把銳利匕首在雙臂的擺動下疾射而出。狼王回頭看見兩把匕首迎面而來也不閃躲，反而是直接的快速向前接近席林娜，兩把匕首不偏不倚的射中狼王胸膛，但兩把匕首卻像是沒碰到任何固體東西一般的穿越過狼王胸膛繼續疾飛而過。

「我是靈魂虛體狀態，區區的兩把小刀怎能傷我！」狼王大聲咆哮，手中鋼爪順勢向著席林娜揮舞而去，只見鋼爪即將劃破席林娜臉頰的同時，瞬間一團黑煙從席林娜的身體內疾竄而出，隨後狼王鋼爪便襲向黑煙，強勁的揮舞力道夾帶著餘勁，瞬間在黑煙中劃出三道鋼爪撕痕。

「這是闇影之力！」狼王驚訝的眼見席林娜竟消失在自己眼前，而面前只剩少許的黑煙在空氣之中飄蕩。

後方紅衣女子也在同時迅速的張開手臂將兩顆水晶球用手掌壓在地面上，水晶球觸碰到地面後便泛射出兩條紅光，這兩條紅光迅速在大窪地上畫出一個六芒星形狀的魔法陣。

狼王看著地面上的六芒星魔法陣心中想著「席林娜，妳一路上引誘我到達此地，早已經使用闇影之力來遮蔽我背後這位紅衣女子，如此看來這位紅衣女子已經在這等候多時，並且也做好了充足的準備。」數道紅光在此時從地面上的魔法陣內向上竄起，並在魔法陣內形成數道紅色光牆，將處在六芒星圖案中央的狼王給困住其中。

狼王發覺到地面上的魔法陣有股強大吸力，正逐漸將自己的虛體身軀給吸往地面，狼王感覺到身處險境，趕緊全力向上漂浮想脫離魔法陣，此時紅色光牆快速的往狼王身軀集中，瞬間將狼王的虛體給狠狠夾住，並迅速的將狼王身軀給拖往地表壓制在地面上。

數道紅色光牆就這樣堆疊在趴臥在地的狼王背上，狼王感覺到無比的壓力灌注在自己背上，於是雙手撐地奮力想抵抗這數道光牆的壓制力道。就在狼王正再頑強抵抗時，席林娜瞬間在半空現身並一躍而下的站在紅色光牆上方，席林娜這泰山壓頂的力道，徹底毀滅狼王正在奮力抵抗的舉動。

狼王受到紅色光牆壓制力道以及闇影之力的雙重重擊下，整個靈魂虛體身軀就緊緊的貼附在地面上動彈不得。狼王背上的席林娜在此時大喊著：「就是現在！快動手！」

紅衣女子聽到席林娜的喊聲後便知道萬事已經具備，隨即再加速催動著自身異能，瞬間將紅色光牆變成一個紅色框盒，並將狼王身軀給籠罩在這長方形的紅色光盒內。

「將封印盒給打入地表裡！」紅衣女子在後頭大喊著。

席林娜立即運起闇影之力，高舉的右手掌裡充滿著濃濃黑煙，正當席林娜準備將闇影之力打入封印盒的同時，忽然感覺到地表下傳出巨大的水流聲，席林娜查覺不對勁便立即跳離封印盒，在同一時間封印盒下的地面瞬間爆開，地表下瞬間湧現出大量清澈的水。

席林娜不能理解為何會有如此情況出現，隨即轉頭遙望著紅衣女子，只見紅衣女子雙手抱著腹部跪在地上，臉上表情顯得十分痛苦，隨即動身來到紅衣女子身旁說：「女法師妳沒事吧？被妳塵封住的湖水為何會在現在溢出？我可是還沒將封印盒給打入土裡。」

「我好像快臨盆了！」女法師語氣微弱並且滿頭大汗，臉上表情顯示出疼痛正在侵襲著她這瘦弱的身體。

「我怎看不出妳已經有孕在身？」席林娜語氣相當驚訝，因為從女法師的外表看來，實在是看不出像是一位即將臨盆的孕婦。席林娜話語一停便察覺到女法師碰觸在地面上的雙腳膝蓋處出現一攤血跡，目光隨即看往女法師身上的紅色斗篷說：「原來妳用紅斗篷來掩蓋隆起的腹部，傻女孩！妳明明知道自己離臨盆日子不遠，竟然還敢跟聯合軍一同前來殲滅狼獸人。來！我先趕緊送妳離開此地！」

席林娜伸出雙手想扶起女法師，但女法師卻說出：「孩子的父親就是死於狼王手中，加上熟悉此封印法術的只有我一人。如果現在無法完成封印，那逃脫之後的狼王在往後便會有相當強烈的警覺心，到那時候就再也難將狼王給制伏並且奪其性命。」

就在席林娜與女法師交談的同時，大量湖水也很快的蔓延開來。清澈湖水在片刻間便來到席林娜與女法師腳下，眼看湖水即將淹沒兩人，席林娜做出了背水一戰的決定。

「好！就算賠了性命也幫助妳封印狼王，來吧！就算在水裡也能繼續進行封印。」席林娜說完便立即潛入水中往封印盒而去。女法師也在此時深深吸一口氣潛入水中，隨即繼續將雙手掌壓在白色水晶球上，封印盒受到六芒星魔法陣的紅光吸引再度往下沉入水裡，此時湖水已經填滿整個窪地，湖水在日光的照射下顯得更透明清澈。

封印儀式在湖水中繼續進行著，六芒星魔法陣持續的泛著紅光，封印盒也再度被吸附在湖底的地面上。席林娜手握著闇影之力朝著封印盒游去，游至半途卻發現地面上的紅光又再度消失，心中知曉女法師的異能正在逐漸減弱，於是加快著游泳速度想盡快的接近封印盒。

同一時間在後方的女法師再度感到腹部疼痛，女法師眼看席林娜距離封印盒不遠，於是咬著下唇忍著疼痛加強釋放出更多異能。就在女法師釋放出大量異能的同時，忽然一陣劇烈疼痛從腹部內湧出，女法師忍不住這陣劇烈疼痛的衝擊，隨即痛苦的雙眼緊閉在水中張開著嘴大喊一聲。

湖水瞬間灌進女法師的口中，女法師因為失去了口中存放空氣而中斷了釋放異能到水晶球上的動作。席林娜此時查覺到封印盒的紅色光壁正在慢慢變薄，然而被困在裡頭狼王靈魂發現封印盒的光壁色澤正逐漸黯淡，於是便開始用雙手鋼爪猛擊著封印盒的光壁。

女法師雙眉深鎖表情痛苦的睜開右眼看著封印光壁即將消失，趕緊含住口中湖水並立即舉起右手將脖子前的紅色蝴蝶結給解開，身上所披帶紅色斗篷也立刻的脫離身軀並在湖水中往上飄浮。

女法師卸除掉身上的紅色斗篷後便立即再度催發體內異能，一瞬間原本平靜的水面開始向上隆起，並在空中形成一條超大水柱，水柱不停的在半空中旋轉形成了一道水龍捲風。水龍捲風也迅速將湖泊中央的湖水都捲往四周邊緣，湖泊中央處形成一小塊無水的空地，也讓女法師與席林娜以及封印盒內的狼王都處於這塊空地上。

「啊……」女法師疼痛的跪地仰頭大叫。然而伴隨在叫聲後頭是一陣嬰兒的哭啼聲，一位小嬰兒在母親的叫聲下順利脫離了母體。

「休想我會再給妳機會封印我！」狼王在女法師產下嬰兒，同時也是光壁最薄弱的時刻擊破了光壁，並揮舞著鋼爪快速朝向剛生產完的女法師而去。

狼王移動的相當快速，片刻便來到女法師面前，狼王算好了攻擊距離一躍而起，右手鋼爪更是直接在半空中往女法師身上而去。席林娜也瞬間來到了狼王身旁並抓準了時機手握闇影之力往狼王的身軀上擊去，但卻連拳帶人的穿越過了狼王牠那靈魂虛體身軀。

狼王的攻勢迅速來到，無力閃避的女法師被鋒利鋼爪給刺穿了腹部，席林娜回頭觀看到此景象也露出了相當震驚的表情。

「想封印我啊！小娃兒，不自量力的人類，都給我去死吧！」狼王語氣上揚，右手臂更加使勁往女法師的腹部而去，直到半條手臂都陷入在女法師的腹部裡。

女法師不但沒有發出哀號聲，反而卻在此時對著狼王淺笑了一聲，隨即全身便泛出紅光，大量紅光逐漸將狼王的身軀給包覆起來，漸漸的在狼王皮膚上形成一層紅色光膜。

狼王發覺到不對勁，整個身體四肢感覺正在麻痺僵硬，於是迅速的將右手臂收回並想立即跳躍離開。然而女法師卻在此時伸出雙手掌貼住狼王身軀外的紅色光膜，並擺動著身體使出全身力量迅速的將狼王給拉倒在地。

「快！就是現在！」就在女法師的喊聲剛停止同時，席林娜手握闇影之力從前方快速的跑來。就在席林娜即將出手重擊狼王的同時，一道模糊不清的水藍色身影忽然出現在席林娜身後，席林娜感覺到自己背後有不明物體，隨即轉身揮出闇影之力擊中這道水藍色身影，水藍身軀受到闇影之力的衝擊，瞬間被擊飛並朝著巨大水柱的邊緣飛去。

席林娜看見水藍色軀體穿越出水柱後便立即趕緊回頭觀看女法師的情況，只見女法師正將狼王身軀給慢慢推往剛出世的小嬰兒面前。雖然只有幾步的距離，然而女法師卻因為腹部傷口大量出血的關係而行動遲緩，臉色也越來越蒼白。狼王身體因為受到紅色光膜的禁錮，整個身軀僵硬到無法動彈，只能任憑著女法師的拉扯。

女法師來到嬰兒身邊後便慢慢將狼王身軀給壓倒在地面的嬰兒上。嬰兒此時正在沉睡之中，絲毫沒感覺到狼王身軀正壓在自己身上。

「她可是妳女兒啊！還是個小孩子而已……」席林娜被女法師的舉動給震驚到，便立即想要制止女法師的舉動。

席林娜會如此震驚是因為在幾小時前曾和女法師研議交談過，如果無法順利的將狼王靈魂給打入地表內封印，那就只能實施第二套方案，就是將狼王靈魂給封印在女法師自己的體內。如今看到女法師現在的舉動，分明是想實施第二方案，只是對象竟然是換成地面上的嬰兒。

女法師並未理會席林娜的吶喊聲，並將全身異能都集中在右掌上，隨即舉起右手往狼王身軀上重擊下去。狼王靈魂受到紅光異能的衝擊壓迫，整個靈魂身軀竟然慢慢被嬰兒的身軀給吸收，狼王在此時睜著雙眼狠狠的瞪著女法師，一直到自身靈魂完全被吸入在嬰兒體內為止。

席林娜來到了嬰兒身旁，女法師也在同時癱軟趴臥在地並抬頭看著地面上的小嬰兒說著：「從我脫下斗篷的那一刻起，我就已經開始在燃燒著生命來增強異能。如今我已經感覺到我生命即將消耗殆盡，以我現在僅存的異能量已經無法永遠將狼王給封印在地底深處了。所以我只好改變主意，換把狼王封印在我孩子的身體內，然後在將所剩異能給打入孩子體內，讓孩子體內的異能持續封印住狼王。」

「她可是妳女兒！」席林娜再度強調提醒著。

「就是因為她是我女兒，所以我才會這麼做，只是往後日子可苦了這孩子，然而這也是這孩子的宿命，已經無法逃避的宿命。席林娜！這孩子能拜託妳來照顧扶養長大嗎？」女法師望著席林娜那張冷豔的臉龐。

「妳敢讓闇精靈來撫養人類小孩？」席林娜冷冷的說。

「很遺憾……我的異能殘存量並不足夠將狼王靈魂封存很久，這些異能量只能在這孩子體內維持十五年的光陰，所以這孩子必須在十四年後進行轉移封印的儀式，所以等十四年後再麻煩妳將孩子帶往聖城交給長老會來做後續的轉封儀式。」女法師說完便抬頭看著在地面上的紅色斗篷繼續說道：「能麻煩妳幫孩子披上那件紅色斗篷嗎？」

席林娜拾起紅色斗篷並將斗篷給覆蓋在女嬰身上，讓女嬰只露出一顆正在熟睡中的臉龐。

「由於異能量在人體內會慢慢隨著時間流失，然而這件紅斗篷能減緩儲存在孩子體內異能量的流失速度。所以這孩子必須無時無刻都披繫著這件紅色斗篷，請務必記得別輕易的脫卸下這件紅色斗篷，以免造成異能量的大量流失。孩子體內的異能量一旦不足，那孩子體內狼王靈魂就能擺脫封印的禁錮破封而出。」女法師一邊訴說著紅色斗篷的功效，一邊雙眼深情看著面前的女嬰。

「長得很像妳。」席林娜將女嬰輕輕抱起往女法師眼前一送。

「我覺得比較像她父親一些，鼻子跟嘴巴都很像，仔細看一看好像只有眼睛像我一點。」女法師露出了深情的微笑，然而腹部傷口卻不停的在流出鮮血。

「我帶妳去接受治療。」席林娜一手抱起女嬰，一手伸向前去想攙扶起女法師。

「妳也是知道沒用，何必做這些多餘的動作。再讓我看看孩子一下，我想對孩子說些話。」女法師對著地面上說著。

席林娜蹲下身軀將女嬰遞往女法師面前，女法師勉強舉起右手輕輕的觸碰女嬰的臉頰，雙眼深情的望著女嬰臉龐，眼中堆滿了許多不捨的淚水說著：「孩子，因為母親與父親都無法在妳身邊照顧著妳，所以妳以後要乖乖聽席林娜姐姐的教導。記得上床睡覺前要先刷牙洗臉，起床後要有禮貌的先跟席林娜姐姐說早安。還有長大後別跟其他朋友起爭執，要記得尊重身邊任何一位長輩與朋友……」

女嬰此時從睡夢中醒來，睜開雙眼看著眼前女法師臉龐發出「咯……咯」的笑聲。天真的笑容讓女法師此時眼中淚水潰堤而下，隨即低聲哭泣的說：「媽媽好想看著妳長大，好想看著妳學走路時的模樣，也真的好想聽見妳喊一聲媽媽，真的好想……好想……」女法師忽然停止了言語，她那白皙手掌輕輕掠過了女嬰的紅潤臉頰，上半身也不由自主的往地面倒下。

席林娜看見女法師已經喪失了性命，便隨即抱起女嬰站了起來。此時巨大水柱因為失去了女法師的異能控制，大量湖水瞬間朝著中央空地洶湧淹蓋而來。席林娜緊抱著女嬰並露出相當冷酷的眼神，隨即從身軀內散發出一道黑色光圈，黑色光圈迅速的擊中水柱並將水柱給推擠向外。水柱受到黑色光圈的強力推擠，整條水柱立刻從中央處膨脹開來，只見水柱漸漸承受不住推擠的力道並到達了膨脹臨界點，巨大水柱瞬間在半空中爆炸開來，大量湖水有如暴雨般的漫天灑落，隨後只見席林娜抱著女嬰緩緩的行走在這場暴雨之中。

【撰寫者手札】

千窟巖洞，一洞一巖窟。千窟巖洞終年迴響著呼呼風聲，彷佛是輕訴歲月的顫聲，也彷佛是告訴世人這裡是高貴闇精靈的居住地。

十四年前聖皇麥爾登隻身前來「千窟巖洞」。當時麥爾登懇求晉見闇精靈的領導者一面，但卻被告知領導者已經外出並無法得知何時返回，於是麥爾登就決定站立在巖壁前等待著闇精靈首領的歸來。

時間過了三天，麥爾登在這三天裡一直佇立在巖壁面前等待著，直到有一位闇精靈女性來到麥爾登面前，並要求麥爾登訴説出此行的目的

麥爾登請求闇精靈一族能與人類一同並肩作戰去消滅盤踞在西方大陸上的狼獸人一族，並懇請身懷闇影之力的傳奇闇精靈來幫助人類封印狼王。因為闇影之力能在不破壞固體結構下對固體造成衝擊的效果，所以能

在不破壞封印盒跟土壤石塊的狀況下，順利將封印盒給深深的打入地底並永久封存。

麥爾登能言善道以及在巖洞前耐心真誠的等待了三天時間，終於打動了眼前這位闇精靈首領。更間接讓闇精靈一族也認同了麥爾登的想法與行動，於是闇精靈一族在首領席林娜的領導之下，配合著人類大軍一同前去西方大陸上準備殲滅狼獸人一族。

這是闇精靈一族首次與人類種族合作，因為闇精靈個性高傲並且不擅長用言語來表達內心情感，始終認為闇精靈是大地上最高貴的種族，於是長久以來都是處於藐視其他異類種族的心態在對待其他種族。由於麥爾登的真誠與努力，讓人類種族與闇精靈一族的關係更為親近，也讓人類在這場戰役中獲得了一股很大的助力。

Ch 7 背叛者

從闇精靈席林娜口中得知自己的身世真相後，才知道自己這十四年來一直生活在一場騙局之中。白霧山峰裡所熟悉的那些人士，以及那些陽光又燦爛的微笑臉龐，竟然都是為了隱瞞自己身分而勉強擠出來的虛偽笑容。

那些歡笑聲如今變成可怕的諷刺聲在耳邊圍繞，那些昔日的美麗影像如今化成眾多黑白且鋒利碎片，飛散的記憶碎片狠狠朝著自己身體裡鑽，儘管自己已經血流不止、體無完膚了，這些碎片也完全沒有要停止的意思，反到是更加的大肆凌虐，彷彿要一直持續到能奪走自己的生命為止。

不……橡倫爺爺不會騙我的，也沒必要騙我的。這肯定是席琳娜的謊言，一定是為了不讓我前往聖城而編織出的謊言，就如同莉蓮娜姐姐一樣，竟然違背了法卡克先生的命令，沒將自己帶往指定的地點會合，反而是將自己帶往到這如此偏遠又毫無人煙的地區，看來闇精靈一定是個不懷好意的種族。

小紅帽立刻從沉思中清醒並趕緊往後退了幾步。席林娜看著小紅帽那雙明亮的雙瞳，原本散發著無可動搖的堅定眼神，如今卻看似被疑惑與懼怕給完全佔據。

席林娜從蛇皮腰帶間拿出一把鋒利小刀往地面上狠狠插下，隨即雙眼看著遠方的夕陽說道：

「『真相』就像一把經過精心設計而成的小刀，在慢慢經過長久時間的淬鍊與琢磨，最終形成一把鋒利無比的武器。而這把靜靜等候卻未曾被遺忘的鋒利小刀，正在等候適當時機刺入妳的心窩，然而這種椎心之痛，才能讓人痛徹心腑並且徹底的從疼痛中醒來。」

「妳的母親請求我為妳披上紅色斗篷，為了就是讓妳知道人生可以繼續下去，即使在荒涼陰暗的地底下，也是能看見冷酷種子綻放出純真的花朵。你們人類常說命運是上天註定好的，但我們闇精靈卻是相信命運是可以去改變的，只是看妳有沒有勇氣去改變命運。」

小紅帽聽席林娜的語氣話語不像是在欺騙自己，加上席林娜說到自己母親的時候，臉上流露出的神情竟是如此憂傷與不捨，可見席林娜與母親的友誼交情必定相當深厚。於是低著頭緩緩說出：「對不起……席林娜姐姐，我誤會你的好意了。那請問席林娜姐姐，我未來的命運之路又應當何去何從呢？」

席林娜上前幾步來到小紅帽面前，並伸出右手將小紅帽的下巴給抬高說著：「沒有人可以回到過去重新開始，但誰都可以從今日開始替自己書寫一個全然不同的未來。未來的路要由自己去決定與創造，如果妳能自由順著自己心中所憧憬的道路而去，一直到天空中的烏雲都已散去，而心中依存的夢也會實現。那就代表了妳已經尋找到了正確的未來之路，並且也已經鼓起自身勇氣去改變了自己的命運。記住！敢勇於承擔起命運的人，才能看清楚自己的命運之路！」

「小紅帽聽不太懂席林娜姐姐的這番話。」小紅帽望著席林娜說著，隨後肚子內發出一陣咕嚕的聲響。

只見席林娜對著小紅帽微笑的說著：「餓了吧？想不想看看闇精靈一族的居住環境？想不想品嚐一下闇精靈所製作的美味飲食呢？」

「想！」小紅帽點點頭並臉帶微笑的回答著。

＊　＊　＊

在帕蘭平原的東方盡頭處有一座外形獨特的堡壘建築物，這座建築物被設計成圓形樣貌。圓形堡壘的四周皆被高聳石牆給包圍著，這面高達三十呎並且相當厚實的石牆，就像個高大的石頭古井佇立在帕蘭平原上，人們稱這座圓形堡壘為「聖殿堡壘」。

曾經有無數的外蕃異族想侵犯這座聖殿堡壘但都無功而返，高聳厚實的石牆讓侵犯者無法克服，紛紛屈服在這座難以攻陷的聖殿堡壘之下。

另一個讓外族侵犯者感到畏懼的因素是這座聖殿堡壘領主——夏恩斯。夏恩斯同時也是聖殿會裡的最高指揮官，曾經立下許多優秀的戰勳，聖皇麥爾登也相當的器重夏恩斯。夏恩斯也是聖殿會裡的第一勇士，聖皇麥爾登為了讓夏恩斯更加的效忠自己，於是將唯一的親妹妹許配給這位勇猛戰士，並冊封夏恩斯為聖殿領主，統掌聖殿堡壘與聖堂要塞這兩大據點。

堡壘石牆外的帕蘭平原因為天色入夜而漸漸進入漆黑陰暗的狀態，然而在堡壘石牆內的街道廣場上卻是燈火通明。

「這位小哥需要何種東西？可以慢慢看慢慢挑選，我們這賣的可都是用上等金屬製作而成的精良物品，品質方面絕對包您滿意。」一位滿臉鬍渣嗓音沙啞的中年男子在對著艾力說著。

「有沒有跟這面形狀差不多但規格還要在大一些的盾牌？」艾力指著一面銀白色的三角形盾牌說著。

「這已經是我們這裏最大面的盾牌了，連聖殿軍都拿這種規格的盾牌，在大上去的盾牌應該都屬於特別為皇家訂製規格了。」中年男子把銀白盾牌推的更接近艾力面前。

「艾力，你來鐵舖店做什麼？」賈路從艾力後方走來。

「父王借給我的聖盾在雙子山洞那裡被那條笨龍給弄壞了，加上等等要去見我姑丈夏恩斯。要是讓夏恩斯知道我把聖盾跟頭盔都弄丟了，那肯定會先讓他給罵一頓之後再回報給父王知情，那我不就兩邊都挨罵，所以我要先買個替代品來頂一下。老闆！就買這面了！」艾力從褲袋中掏出一些金幣放置桌面上，隨即拿起放置在面前的銀色盾牌。

「謝謝這位小哥，下次如果還有任何需要請歡迎再度光臨。」中年男子咧著嘴微笑說著。

「你是傻昏頭了嗎？你不知道進城之前武器裝備都要繳交出去給警衛保管嗎？」賈路指著前方的城門處。

艾力一臉茫然的看著賈路，隨即睜大著雙眼好似有所領悟的猛然轉身對著鐵舖老闆說：「老闆！我要退貨……」

在聖殿堡壘內城裡的議會殿堂上，十幾位身著鎧甲手拿鐵劍的武裝騎士佇立在殿堂走道兩側。而在走道盡頭處有一人倚坐在一只金色的鐵椅上，此人五官深邃、皮膚黝黑，雙眉之間流露著一股不凡氣勢，漆黑又凌厲雙瞳更是給人一種孤傲且不可侵犯的感覺。

「領主！長老會的智者法卡克以及艾力王子在招待室裡等候晉見。」一名聖殿騎士向坐在鐵椅上的夏恩斯報告著。

「請他們過來這裡談！」夏恩斯說著。

「是！」聖殿騎士轉身離開議會殿堂。

「法卡克帶著艾力王子外出，莫非麥爾登有什麼事情在瞞著我，不然怎會讓法卡克帶著艾力王子來到這裡，看來等等需要多多提防這位智者法卡克。」夏恩斯心裡自忖著。

一扇青銅大門被緩緩開啟，夏恩斯的目光隨即往大門方向望去，夏恩斯看見在為首的聖殿騎士後頭有五道身影，其中有兩道身影是熟悉的，那就是智者法卡克與聖皇之子艾力王子，但在這兩人更後頭的那三道人影卻是陌生。

法卡克目光注視到腳下的地面上鋪設了一條鮮紅地毯，一直延伸到走道的盡頭處。隨即將目光放在走道兩側旁的十多位重鎧騎士，發現這些騎士所配帶鐵劍並不是插在腰際間的劍鞘裡，反倒是緊緊的握在手掌裏，這些騎士個個充滿肅殺神情，彷佛隨時都能投入戰場一般，就連在戒備森嚴議會殿堂內也並沒有降低這些重鎧騎士的警戒之心。

「長老會的智者法卡克為了何事前來光臨聖殿堡壘？還有艾力侄子，要前往來此之前怎沒通告我一聲，我好派支軍隊去護衛迎接。你可知道貴為皇子不得擅自離開聖城，要是你有什麼意外的話，我可擔當不起這個責任。」夏恩斯說著。

「夏恩斯姑丈請放心，我跟隨在這些人身邊相當安全的。」艾力說著。

「就憑眼前這幾個人？」夏恩斯眼光輕藐的掃視著其他人。

法卡克向前二步說道：「現在不是討論這些瑣碎事的時候，我們不久之前在帕蘭平原上攔截到一名狼獸人，身上攜帶著一張密函，裡頭寫著狼獸人大軍將在近期內從西方巢穴進軍聖殿堡壘，我們得知此消息後便特地趕來通報，好讓夏恩斯領主能早點做好防禦工事。」

夏恩斯舉起右手在面前畫個半圓弧形說：「看看殿堂內這幾十位勇猛的騎士，他們正準備前往西方那片衰亡之地巡視，如果西方地區真有你們說狼獸人大軍的話，那為何這些巡邏隊員在這十幾年內都毫無查覺？如果西方真有狼獸人大軍，那這些巡邏隊員為何都沒有受到狼獸人攻擊，反倒是個個都能安然無事回到溫暖的家中陪伴父母妻兒？」夏恩斯收回右手臂後繼續說著：「狼獸人大軍？現在還存有這個語詞嗎？我看你『智者』的稱號是否該調整更換一下，哈哈……」夏恩斯語氣低藐的嘲笑著，走道兩側的武裝騎士也跟著夏恩斯一起低聲笑了起來。

「這是事實！夏恩斯姑丈！我們從白霧山峰一路走來聖殿堡壘，這一路上我看見了許多狼獸人戰士與混種狼族生物，並且還與這些混種狼族交過手。賈路甚至還在戰鬥中中了狼獸人所射出的箭矢。所以請夏恩斯姑丈相信我們，並盡早做好堡壘的防禦工事。」艾力聽到嘲笑聲後便立即開口說著，並成功制止住了眾人的喧笑聲。

夏恩斯從椅子上起身走下階梯，臉上表情凝重並且不悅的說著：「當年你父親領導眾人在西方的狼族巢穴上殺敵，眾人手中的劍刃早已將狼獸人族給屠殺殆盡，這可是有成千上萬的人親眼見證。加上這十幾年來巡視與安定，我實在沒有理由去相信你們的瘋言瘋語！」

「可我們說的都是實話，請夏恩斯姑丈相信我們！」艾力眼神誠懇的說著。

夏恩斯聽完話語後便怒視著艾力說：「艾力！你貴為皇子，卻一直都不知道要自我檢點，你可知道這些話語會引起民眾多少的恐慌，對軍隊士兵們軍心會造成有多大的影響！」

艾力聽完了夏恩斯的話語後心情相當不悅，正當艾力要回話反駁夏恩斯的時候，法卡克回頭用眼神表情制止了艾力，並搖頭示意著要艾力別在繼續與夏恩斯爭論下去。

夏恩斯看見艾力一行五人皆保持沉默，於是轉身對著走道上第一位武裝騎士說：「隊長！從今天起再多二組巡邏人員去巡視衰亡之地，每天給我仔細巡視衰亡之地上的每一寸土地，我不想西方地區土地上真的還有狼族存在。」

「是的！領主！」騎士隊長雙腳靠攏說著。

「天色已晚，你先帶艾力王子去皇族大房休息，其他人等先安排在客房住宿過夜，都安置妥當後你們在前往衰亡之地進行夜間巡視。」夏恩斯對著騎士隊長說完後便走上階梯坐回金色鐵椅上。

「是！」隊長回答後便將手中鐵劍插回劍鞘內，獨自走到艾力身旁彎腰行禮後說著：「請往這邊走艾力王子。」隊長舉起手臂指著殿堂側門。艾力轉頭看著法卡克，法卡克此時對著艾力點點頭，示意著要艾力聽從夏恩斯領主的安排。

艾力表情不悅的轉頭就往殿堂側門而去，隊長也在原地抬起雙手往聖堂青銅大門揮去，此時走道兩側的武裝騎士也同時轉身面對著大門，護送著法卡克一行四人離開了殿堂大廳。

眾人離開殿堂大廳後就只剩下夏恩斯獨自一人坐在金色鐵椅上，此時一道高大黑影從金色椅子後方出現，並緩緩的走到夏恩斯身旁佇立著。

「雄獅！為何剛才那些人會發現到你們？」夏恩斯語氣平穩的說著。

「都怪我那戰狼侄子太想早點讓牠父親的靈魂能回歸本體，所以帶了幾十位狼族戰士前去襲擊人類隊伍，原來剛才出現在這的幾位人士，就是護送封印容器的成員。」雄獅指著走道上說著。

「所以這些人之中有一人是封印容器？」夏恩斯問說。

「不！二天前我聽戰狼說道，封印容器是一位身披著紅色斗篷的小娃兒。但就剛才的觀看，這些人裡面並沒有身披紅色斗篷的人，而在年齡上也沒有符合如戰狼所說小娃兒般的年紀。」雄獅說。

「那封印容器現在何處？」夏恩斯說。

雄獅雙手一攤說道：「這我也不清楚，如果這些人都不是封印容器的話，那護送隊伍肯定是兵分二路的返回聖城，而皇子這路的人員碰巧攔截到了傳令兵，就順道前來告知你這項消息。」雄獅說完便走下階梯往聖堂側門走去。

「你想去哪？」夏恩斯從椅子上起身問道。

「當然是去讓這組護送人員回不了聖城！」雄獅停下腳步說著。

夏恩斯走下階梯來到雄獅身邊說：「放心！我早已經派人去準備結束掉他們的性命了，他們絕對無法再看到明日的太陽。」

「讓他們的人生旅程就到此告一段落。」雄獅轉身面對著夏恩斯。

「回去叫你的狼獸人大軍前來堡壘會合，我已經將聖堂要塞裡的反抗人士給剷除殆盡。現在聖皇在一夕之間就失去了兩大防衛基地，聖皇萬萬也沒想到他的人生旅程也即將跟他兒子一樣到達了盡頭，哈哈……」夏恩斯面對著雄獅仰頭開懷大笑。

＊　＊　＊

十幾位武裝騎士帶領著法卡克一行人經過數條長廊後，來到了位於在聖殿堡壘內的前庭廣場，這座前庭廣場地形方正、十分廣闊，而在廣場中央處有一座用石塊堆砌而成的噴水池。在這座水池上方有一個比整座噴水池還要略小一些的水晶盤，然而清澈池水不斷的從水池底部向上湧出，並集中在水池上空這個潔淨透明的水晶盤內。但是水晶盤內的蓄水容量早就已經達到飽和狀態，於是清澈池水就這樣沿著水晶盤的四周邊緣流落而下，在水池內形成傘狀般的優美瀑布。

「法卡克先生！為何這座堡壘領主不相信我們所說的話？」庫傑終於按捺不住的開口問法卡克。

法卡克停下了腳步回頭對著庫傑說道：「我也還在思索中，正在思索著任何一切的可能性。」

「即將要死的人不用費心思索了！哈哈……」帶頭的武裝騎士開口大笑說著。

法卡克驚訝的立即回頭對著說話武裝騎士說：「你說什麼！」。

「我說你們今晚都要把命給留在這裡！通通給我包圍起來……」武裝騎士一聲令下，其餘武裝騎士手持著鐵劍並迅速的圍成一個圓形，將法卡克一行四人給團團的包圍住。

法卡克左右觀看著這些武裝騎士說道：「看來夏恩斯跟你們這些部下一同隱瞞著西方地區的異狀。但令我無法理解的是，這樣做對夏恩斯與你們有何好處？狼獸人族要是日益壯大的話，我想所有人類都將無可避免狼獸人族所帶來的毀滅災難，這所有人類裡面當然也包含了你們自己！」

「少廢話！領死吧！」武裝騎士話一說完便拔出鐵劍往前一揮，其他十幾位騎士也同時的拔出鐵劍，準備對被困在中央處的一行人展開圍剿攻勢。

此時賈路心中感覺到情況不妙，因為眾人在進入堡壘殿堂之前已經先將隨身攜帶的武器給繳交出去，現在四人手無寸鐵，加上目前周遭共有十幾位訓練精良的騎士，個個手中皆有致命的攻擊武器，然而自己肩膀的箭傷也尚未痊癒，如果真打起來的話，自己將不能幫上很大的忙，反到自己傷勢也會成為大家的顧慮，看來現在情況真的十分糟糕。

「要打架找我！我要拿你們來當我的第一個殺敵數！」庫傑抬起雙手，並用右手拳頭擊向左手掌心內大聲說著。

「那我就先拿你來祭刀口！」帶頭的武裝騎士怒吼著，隨即舉著鐵劍往庫傑面前衝去。

庫傑凝神的站穩腳步，騎士身上鎧甲不停發出金屬互相碰撞的摩擦聲，口中所發出吶喊聲也在庫傑的耳裡越來越響亮。騎士就像是一頭發了怒的狂牛奔跑到了庫傑面前，二話不說就揮舞著鐵劍朝著庫傑攻擊。庫傑反應也極快，一個閃身就閃躲過了騎士的攻勢，隨即大腿奮力一踢，把怒衝而來的武裝騎士給踢倒在地。

在地面上滾翻一圈的武裝騎士迅速爬起，狼狽的趕緊扶正鐵盔並撿起鐵劍憤怒大喊說：「一起上！」此時周圍十幾位武裝騎士一同發出吶喊，並同時舉起了手中鐵劍朝著法卡克一行四人奔去。

「住手！」就在兩邊隊伍即將短兵交接時，後方忽然傳來一陣大喊聲。

眾人皆被這陣喊聲給停止了動作，紛紛將目光移往聲音的來源處。只見一道身影從前庭走廊處走出，待身影走進皓月的幽光下時，眾人才看得清楚這此人的容貌。

「隊長？」武裝騎士說出熟悉身影的名稱，隨後便聽到騎士隊長說：「都退下。」

「你想違抗夏恩斯領主的命令？」武裝騎士說。

騎士隊長轉頭對著武裝騎士說：「這不是我們該執行的命令，你們一起仔細想想，在艾力王子他們尚未到達堡壘之前，我們就已經授命要誅殺來會見夏恩斯領主的人。當時我們連要來會見的人是誰都不知道，只知道隨時緊握著配劍靜靜等待前來受死的人。一直等到艾力王子一行人進入殿堂，心中才知道夏恩斯領主想殺害的人是誰。」

「那又如何！我們聖殿騎士就是要服從命令，就算是夏恩斯領主想密謀造反，我們也應當一同起義跟隨，這樣才不會枉費夏恩斯領主對我們的細心栽培。」武裝騎士舉起鐵劍貼著胸膛對著隊長說。

「你有如此忠心我不怪你，但是你可否想過，可怕的並不是夏恩斯領主，而是在後頭隱藏許久的狼獸人族。」隊長說。

「你相信他們這些人所說的話？什麼西方有狼獸人族，甚至在來聖殿堡壘的途中還遭遇到狼獸人族的攻擊，還攔截到狼獸人的傳令兵，為何我在西方巡視這麼久卻沒看見過半隻狼獸人？」武裝騎士問著。

法卡克此時上前一步說道：「如果我猜想沒錯的話，是夏恩斯在隱瞞著大家，你沒有看見過狼獸人反倒是一件好事，如果今日你見到了，那你可能會跟我們一樣遭遇到被滅口的危機。」

「沒錯！你還記得麥斯與維特嗎？他們兩人就是向夏恩斯領主報告說有看見像似狼獸人的行蹤在衰亡之地活動，結果當晚他們兩人就被調遣去聖堂要塞。但是否真的兩人有前往聖堂要塞那就不得而知了。」隊長說。

「他們兩人被夏恩斯領主殺了？」武裝騎士驚訝的問著。

「我猜這個可能性很大，不然這兩人不會連跟家中父母妻小都沒連絡，甚至連寫封信回家都沒有，加上最近這幾年夏恩斯領主一直在大量收購軍備，但這些軍備並沒有用在正規的聖殿騎士身上，那這些大量的軍備跑哪去了呢？你們大家不覺得這些事件很可疑嗎？」隊長說。

十幾位武裝騎士紛紛開始互相對看並且開始小聲交談，彷彿想再互相討論中找出事實真相。

騎士隊長看見眾位議論紛紛便緩緩說道：「我不是要強迫你們放棄騎士精神，不管我們的效忠精神最後讓誰登基稱王都無所謂，但唯獨就是不能讓狼獸人族來統治。如果那些兇殘狼獸人真的存在並且已經成長到足以侵犯人類疆土，而我們卻都被隱瞞的毫不知情。那我們人類、甚至我們的家屬親人都會變得岌岌可危，試問你們想讓局勢變得如此嗎？」

「那我們現在該怎麼辦？」武裝騎士問著。

騎士隊長轉頭看著法卡克說：「讓他們這一行人回去聖城告知聖皇目情西方地區的現況，而我們繼續調查夏恩斯領主是否有在暗中幫助隱藏在衰亡之地的狼獸人族。因為我懷疑這幾年收購來軍備都是送給衰亡之地上的狼獸人一族。」

「夏恩斯肯定想利用狼獸人來推翻聖皇！」法卡克看著騎士隊長說著。

「有可能！這需要詳加調查一下。調查這方面的事就交給我們來執行，再麻煩你們快速的出發前往聖城將這些情況告知給聖皇知曉。」騎士隊長說。

法卡克對著騎士隊長點點頭表示認同，就在法卡克點頭的同時，在走廊深處卻忽然傳出一陣陣急促奔跑腳步聲與金屬互相碰撞的敲響聲，讓在場的眾位騎士聽了都趕緊回頭對著走廊出口處擺出戰鬥姿勢。

「是不是那個想叛變的領主發覺到了不對勁，所以再加派一些人手來殺害我們？」庫傑小聲的在賈路身旁說著。

賈路並沒有回應庫傑，只是一臉慌張的注視著走廊出口處。隨著腳步聲與聲響越來越大，自己的心臟跳動也越跳越快。

就在眾人都將目光放在走廊出口處的同時，一道身影從走廊中的陰暗處出現，這道熟悉身影雙手捧著一柄斧頭與兩隻水晶權杖，一到達走廊出口處後便開口大喊著：「別開打啊！可別讓那薩滿族的庫傑有殺敵數啊……」

「我可不可以揍他一頓？」庫傑轉頭對著賈路說。

「請便！就拿艾力王子當你出薩滿部落後的第一個殺敵數！」賈路一臉正經的回應著。

【撰寫者手札】

人類與狼族的戰役結束後，聖皇麥爾登在聖城內大規模犒賞參與征戰的士兵與將領們，並將數位功勳甚高者冊封為官爵。

夏恩斯被冊封為聖殿領主，並在聖殿堡壘與聖堂要塞中駐紮兵力，以用來對抗其他異類種族的侵犯。

戰役雖然結束，但戰後的清理工作卻還在持續進行。夏恩斯在西方戰場上指揮著聖殿會騎士們將戰死同胞的屍首運回聖城，好讓這些戰死的戰士們能榮耀回到聖城內風光安葬。

夏恩斯與同行兩名聖殿騎士在某一次巡視中發現了二隻幼小的狼獸人，一隻毛髮較為銀灰，而另一隻卻是全身毛髮潔白如雪。

聖殿騎士一看見狼獸人便抽出鐵劍往狼獸人的頭顱砍去，銀灰色狼獸人為了保護較為幼小的白色狼獸人而臉頰被鐵劍劃上一道傷痕，隨後便用身體緊緊抱著幼小的白色狼獸人。

夏恩斯看著這一幕彷彿像是父親在保護孩童一般的景象，讓夏恩斯心裡也起了憐憫之心。就在二名隨同的聖殿騎士即將再度出手結束掉這兩隻幼小的狼獸人性命時，夏恩斯卻搶先出手殺害了隨同的兩名聖殿騎士，拯救了這兩隻幼小狼獸人的性命。夏恩斯在西方地區尋找到一處隱密地點來藏匿這兩隻狼獸人，並不定時的前來觀看並且餵食這兩隻狼獸人。

轉眼間過了七年，兩隻幼小的狼獸人漸漸成長茁壯，然而夏恩斯的野心也正在慢慢萌芽。

夏恩斯得知白色狼獸人是狼王的後代，並繼承了狼工腦中的許多智慧，於是暗中幫助白色狼獸人來繁殖更多兇殘的狼獸人。白色狼獸人與狼王相同，都能運用腦中智慧來製造出奇異藥水，好讓一些不同品種的生物能夠融合在一起，形成另外一種特殊形態的怪異品種。

夏恩斯在這十四年的光陰裡，利用了自身勢力來掩蓋西方狼獸人族的存在，並在西方地區培養出了一隻數量龐大的狼獸人軍隊。

Ch 8

地精水道

大地初醒，早晨太陽柔光照耀在千窟巖洞的峭壁上，隨著陽光的緩慢出現，慢慢將漆黑峭壁給恢復到原本的色調。

秋末寒風依舊在峽谷內胡亂流竄，並且不停的往峭壁上撞，往孔洞裡鑽，讓高聳千窟巖洞不停發出淒厲的風嘯聲。

席琳娜一如往常的在千窟巖洞前靜坐冥想，這是席琳娜修練闇影之力的方式。雖然如今闇影之力已修練完成，但席琳娜仍保持著以往修練方式在增進著自己體內的闇影之力。

莉蓮娜從孔洞內一躍而下來到了席琳娜身邊坐下，雙手手掌以互疊方式緊貼在腹部前方，隨即低下頭顱緊閉雙眼，做出跟身旁席琳娜相同的冥想姿勢。

「那位紅衣女孩去哪裡了？」莉蓮娜問著。

「冥想時最忌諱分心，難怪妳的闇影之力一直無法突破瓶頸。」席琳娜仍然雙眼緊閉的回答著。

莉蓮娜睜開了雙眼說：「是妳放走了她？」。

「是她自己解放了自己，是她自己選擇了自己覺得必須要走的路。」席琳娜仍淡淡的回答著。

「我以為妳要我將紅衣女孩帶往到此，是為了能讓她在臨死之前能知道自己的母親是誰，以及把整件事情真相完整告知之後，便讓我帶著她繼續前往聖城，好讓人類能結束掉這場長達十四年的騙局。」莉蓮娜抬起頭望著前方繼續說著：「妳這十四年來不間斷的去迷霧山峰偷偷探視紅衣女孩，但現實總是殘酷的，就算怎麼努力也改變不了這位紅衣女孩的命運。」

「我們改變不了她的命運。」席琳娜睜開雙眼說著。

莉蓮娜起身說道：「既然無法改變，那為何要讓紅衣女孩獨自離開？將紅衣女孩帶往聖城交予人類去轉移封印不是最好的辦法嗎？」

莉蓮娜話語剛畢，此時刮起一陣強風將一隻白色蝴蝶給吹到席琳娜面前，席林娜舉起手臂運起闇影之力，一顆如手掌般大小的黑色光球立即在手掌內形成，順勢的將白色蝴蝶給困在這顆光球中。

「妳看到了什麼？」席琳娜看著手掌中的光球問著。

莉蓮娜斜眼看著光球，光球內的白色蝴蝶正在鼓動著雙翅飛翔，但是白色蝴蝶每鼓動一次翅膀就會撞擊到光球周圍的光壁，而讓白色蝴蝶翅膀因為碰觸到闇影之力所構成的光壁而受傷。

莉蓮娜看著白色蝴蝶反覆幾次的振翅飛翔都是會讓自己翅膀更加受傷，白色蝴蝶明明知道如此行為會讓傷勢加重，為何還要如此愚蠢的不停衝撞光壁，於是心中百思不解的冷冷說出：「我看到了愚蠢跟絕望。」

席琳娜緩緩的起身說道：「就是因為存在著絕望，才能看到真正的希望。」席琳娜說完便將手中的闇影之力消去，手掌中的光球也在同時間消失，白色蝴蝶也在光壁消失的瞬間飛離了席琳娜面前。

「如果未來的命運都已經註定，那這隻蝴蝶又何須愚蠢到去衝撞光壁來讓自己受傷！如果未來的路都已經決定，那這隻白色蝴蝶離開光球後又應當何去何從？」席琳娜望著正在強風中飛翔的白色蝴蝶說著。

＊　＊　＊

早晨時分，從西方大海方向飄來一陣濛濛細雨。小紅帽趕緊躲進前方的一顆大樹下，拍掉身上的雨水後便立即觀看著四周，因為已經進入了西方地區的衰亡之地，這片西方大地處處充滿著危險，只要稍不留神便會陷入險境，所以心中要求自己要無時無刻專注著周遭的任何細微變化。

小紅帽看見此地高大樹木眾多，且地面上到處佈滿著腐敗落葉與菌菇，周圍空氣也飄散著發霉的氣味，大樹與大樹之間的間隔距離並不長，樹梢上的樹葉也相當茂密，茂密到就連雨滴也很難穿透而下。

小紅帽也注意到了一個奇特現象，這些大樹木的樹藤都互相糾結在一起，粗大的樹藤上長了許多黑色蘚苔，而這些蘚苔讓這些樹藤看起來就像是沾了黑墨水的寄生藤。

小紅帽背部依靠著樹幹緩緩坐下，伸手進入紅斗篷中取出一顆黃色果實，這是小紅帽從闇精靈那所攜帶出來的食物。由於離開千窟巖洞已經數個小時，加上趁著夜色的掩護連夜趕路，此時的小紅帽已經是相當飢渴與疲憊。

「闇精靈姐姐應該追不上我了才對，先吃點東西順便休息一下，等等還有很長的路要走。」小紅帽心裡規劃著。

正當小紅帽將黃色果實放置嘴唇邊準備張口咬下時，忽然聽到一陣像似樹葉在互相磨擦的聲響，趕緊站直了身軀朝著聲音來源的方向看去。發現在右前方不遠處的大樹底下，地面上那些堆得厚厚的腐敗樹葉像似被何種東西給推擠一般，紛紛的從地面上快速隆起。

小紅帽知道在這些腐敗樹葉下有不明物體正在翻開地面準備竄出，立即將手中黃色果實給放回紅斗篷內，並從斗篷腰際中取出一把短匕首後，便將大半個身體給縮到大樹樹幹之中。

「會不會是兇殘的狼獸人？」腦海中浮現出狼獸人面目猙獰，血盆大口有著染血獠牙，並揮舞著雙臂上的利爪朝著自己而來。想到這裡心中不禁起了一絲恐懼，低頭看著自己顫抖的雙手依然緊緊握著短匕首。這把從闇精靈居所帶出來的防身武器，現在變成是唯一能讓自己壓抑恐懼的物品。

小紅帽貼緊著樹幹仔細聽著沉重的腳步聲與樹葉摩擦聲，心中想著這隻狼獸人應該沒發現自己才對，不然這隻狼獸人的腳步不會如此笨拙。因為這種步伐不向是在接近獵物的步伐，這腳步太過遲鈍也移動次數過多，且雙腳都沒抬高好讓腳底離開地面上的腐敗樹葉來減少聲響。如此聽來這倒像是在探索環境或是在尋找食物，看來這隻狼獸人似乎想在此尋找些什麼。

腳步聲與樹葉的磨擦聲依舊在小紅帽耳邊環繞，心想這隻狼獸人並不想放棄探索或是尋找的念頭。但自己卻又想不出好辦法來脫離目前的險境，只好繼續貼緊著樹幹等待。

「等個片刻牠應該就會離開了吧！」小紅帽在心中想辦法安撫著自己內心深處恐懼的情緒。但此時耳邊的腳步聲卻越來越響亮，這隻狼獸人彷佛已經發現了自己，並用相當快速腳步朝著自己躲藏的大樹而來，然而伴隨著腳步聲而來的不只是樹葉磨擦聲，還多了一陣模糊不清的聲音。

此時小紅帽心中的恐懼上升到了頂點，顫抖雙手與不知所措的眼神更是將恐懼情緒給表露無遺。然而急促腳步聲已經快速到達了躲藏的樹幹右方，小紅帽慌張的緊閉雙眼來個急右轉身，雙臂奮力將手中的短匕首往前一送，卻感覺手中匕首並未刺中任何物體，趕緊立刻睜開雙眼一看，發現在自己手中匕首的下方也正有一雙大眼在看著自己，隨即嚇了一跳的後退幾步，但在後退途中因為腳步蹣跚而重心不穩的跌倒在地，手中短匕首也跟隨著掉落一旁。

小紅帽發現受到驚嚇的不只是自己，眼前的大眼生物也同時受到驚嚇而趕緊躲進大樹後方。小紅帽趕緊尋找掉落在樹葉下的短匕首，在一陣胡亂摸索後終於將短匕首再度握在手中，趕緊從地面上站起來凝視著眼前這顆大樹。

「人類？」大眼生物從樹幹邊緣探頭說著。

「你會說我們人類的語言？」小紅帽相當驚訝眼前大眼生物竟然說出人類的語言。

「嚇死我了！害我以為是那些又臭又難吃的狼獸人。」大眼生物從大樹後方緩緩走出。

小紅帽看著眼前這隻大眼生物全身草綠膚色，低扁的額頭下有兩顆黑汪大眼，左右一對耳朵又大又尖，鼻樑相當細長且鼻尾倒鉤；臉型瘦短下巴尖長，身軀矮小、手腳纖細。光著雙腳並且手中還握著一根竹管，這根竹管看起來就像是一根吹箭用的管子。

「你到底是何種生物！」小紅帽不曾看過這種生物，加上又是身處在這片處處充滿著危險的死寂大地上，於是將手中的匕首劍鋒給對準著眼前這隻矮小生物。

這次小紅帽把匕首劍鋒壓得更低一些，因為眼前這隻綠色生物只有小紅帽的半身高度，導致小紅帽剛剛的突刺攻擊失敗，於是這次記取教訓的壓低了雙手手臂。

「我叫瓦特！是綠皮小怪一族的國王，但你們人類卻給我們取名稱為地精種族，真是有夠難聽的名稱，人類就是愛取一些相當難聽的名稱。」瓦特抱怨的說著。

「你是來阻止我的嗎？」小紅帽雙手抖動的握著匕首問著。

「我是聞到精靈果實的香味而尋覓到此，要是真沒聞錯味道的話，那就應該在這附近才對。」瓦特說完便低著頭，並用手中竹管在自己腳下左右來回的撥掃著落葉。

小紅帽心裡想著，這隻名叫瓦特的地精是衰亡之地上生物，那應該對衰亡之地的地形道路相當熟悉才對，於是伸手進入斗篷內取出方才那顆黃色果實說道：「你說的是這顆果實嗎？」小紅帽將黃色果實給捧在手掌心上。

「原來是在妳身上！沒錯！就是這顆精靈果實！」瓦特說完便往前接近小紅帽。

小紅帽看見瓦特走來便立即收回手臂說：「如果你肯帶我去一個地方的話，那我便給你很多顆的精靈果實。」

「只要妳能讓我吃得到精靈果實，不管哪裡我都帶妳去。快！快！快！快讓我咬一口精靈果實，我真的忍不住了！」瓦特雙眼就像似看見了稀世珍寶一般的發亮，一臉正餓著肚子饕客在等待著美食上桌的表情。

小紅帽伸出右手再度將精靈果實給展示在手掌心上，瓦特看了便又向前走了二步，瓦特伸出纖細右手正要拿取精靈果實的時候，小紅帽在此時說道：「我要去狼獸人的巢穴內部。」

瓦特一聽到此話語便震驚的往後退了幾步，就連剛碰觸到精靈果實的手臂也迅速趕緊收回，在退後的時候還因為腳步不穩向後翻了一個跟斗，瓦特趴在地上等不及起身便手指著小紅帽說：「到哪都行，就是妳說得那個地方不能去。」

「為什麼不能去？你不知道路嗎？」小紅帽好奇問著。

瓦特聽完了小紅帽的話語後便低著頭趴在地面上沉思了一會兒，不久瓦特便緩緩的起身站了起來，不過瓦特仍然保持著沉默不發一語，眼神表情也從原來受到驚嚇容貌改變成為哀傷黯然的神情。

小紅帽看見了瓦特的神情，彷彿像似在回想一些腦海中記憶片段的那種神情，於是緩慢的將手中匕首給放入紅斗篷內，靜靜等待著瓦特的回應。

瓦特緩緩的坐在大樹面前，抬頭望著西邊方向淡淡的說出：「飛得再遠，也會有想回去的地方。那裡曾經是我的家，我怎麼可能會不知道路呢？」

「那走吧！你帶我去巢穴，順便你也可以回曾經的家。」小紅帽說。

「我絕不會再去那個地方，那裡到處佈滿腐敗惡臭的屍骸，空氣中存在著有毒的致命氣體。那裡土壤都是汙穢的，沒有任何一處土壤能長出花草，外加狼族巢穴長年排放著不明黑煙，導致巢穴上空不曾降雨，附近的河床乾枯，一些要靠著水源才能生存的生物盡皆滅絕。現在那片土地已經不適合除了狼獸人族以外的種族居住，只有笨蛋或是想死的人才會想進入那片死寂之地。」地精瓦特手臂指著西方的天空說著。

小紅帽朝著地精瓦特手比的方向望去，果然看見在遙遠處的天空中有著數條黑煙不停往上竄升，這些黑煙上升到半空中便會集結在一塊，在那片天際中形成一片相當廣闊的黑色雲層。

「我不怕那些黑煙！」小紅帽挺起胸膛說著。

「妳這個笨蛋人類，妳可知道最令人擔心的並不是巢穴周圍環境，而是那些最令人感到恐懼的兇殘狼獸人。牠們無時無刻、未曾休息的在巢穴內外活動與巡邏，牠們會屠殺眼前所看見的其他生物，並將這些生物的肉體塞進那滿口血漬的狼嘴裡。牠們以追捕獵殺為樂，牠們以飲用血肉而歡，若沒有萬全準備別想安全的踏進巢穴內部。」瓦特說到這裡忽然眼神一亮，臉上表情表現出彷彿想通了某件難解的事情一般，隨後便快速轉身的朝著小紅帽身後跑去。

「啊！我知道了，妳不是一個人來，我早該想通的，怎麼可能一個人類會想獨自進入巢穴呢！

我真是笨蛋！這位勇敢的人類一定是帶領著千軍萬馬前來，並且攜帶著大量的精良兵器，沒錯！一定是這樣沒錯。」瓦特邊說邊在小紅帽後方四處張望，但是卻發現樹林裡除了自己與小紅帽之外並無其他生物，於是滿臉失望的回頭對著小紅帽說：「其他的人類戰士呢？那些足夠殲滅所有狼獸人的人類兵器呢？」

「沒有其他人啊！我是一個人來的。不然這樣好了，你帶我到巢穴入口處，你要是害怕不敢進去的話，那就由我自己一個人進去。」小紅帽說。

「帶妳去那可能還沒到巢穴入口我就已經身亡了。妳可知道在這片衰亡之地上不只是兇殘的狼獸人而已，在這片土地上可是還有很多可怕殘暴的生物存在，我勸妳還是趕緊回家吧！留著這條小命好好享受人類的短暫人生。」瓦特將竹管給貼在手臂上說著。

「我的人生已經剩下一個冬季，我想利用這段短暫時間來爭取生存的機會。所以我必須前往狼族巢穴，去刺殺那位狼族首領——狼王。」小紅帽說。

「妳是想要去殺……狼王！」瓦特一臉震驚的表情，因為瓦特萬萬也料想不到，眼前這位弱小人類女孩去巢穴的目的竟然是為了要殺死狼王。

「你帶我到巢穴入口處我就再給你一顆精靈果實！」小紅帽從斗篷的另一邊拿出一顆顏色鮮豔

的紅色果實。

「這……這顆紅色的精靈果實可是極品啊！誰給妳這等好東西的？這果實可是相當的鮮甜味美，那種美好滋味可真是令人無法忘懷啊！」瓦特原本震驚的表情瞬間變成渴望占有的神情，瞬間就把剛才的恐懼給拋在腦後。

瓦特小心翼翼伸出雙手想去拿取小紅帽手掌中的果實，但小紅帽卻快速的將紅色果實給收回斗篷內說道：「如果你能帶我到巢穴入口處，這顆紅色果實就是你的了。」

「果實！美味的果實！」瓦特看見小紅帽將果實收回便不捨的小聲喊著。隨後便臉色一沉繼續說道：「好！我帶妳去狼族巢穴的入口處，不過這一路上妳可要聽從我的指示行走，因為我們要走的礦山坑道可是相當危險，只要一個不小心就會沒了性命。」

「好的！我知道了！」小紅帽點頭說著。

「那出發吧！」瓦特說完便轉身朝著西方前進。

「地精先生！不是走那個地道嗎？」小紅帽指著剛剛瓦特從地面上爬出的那個地方。

瓦特停下腳步並緩緩回頭，一臉正經八百對著小紅帽說：「那是我的糞坑！」

「噁……」小紅帽露出滿臉噁心的表情。

時間過得很快，小紅帽與地精瓦特已經在樹林裡花費了三個時辰的時間。此時天空已經放晴不再降雨，但是天際上卻不見任何日光，感覺整片西方大際都被濃霧給覆蓋，放眼望去皆是灰濛濛的一片。

小紅帽感到相當怪異，這一路上走來並沒有發現任何飛禽鳥獸，遼闊天際與廣大樹林都沒看見任何生物活動。唯有空氣中發霉味與地精瓦特的抱怨聲在鼻腔與耳朵內互相衝撞，讓這片灰濛天際下的西方大地更添上幾分死寂感。

這一路上小紅帽從瓦特口中得知地精一族的源由與遭遇，地精一族深受狼獸人迫害。狼獸人將原本居住在西方地區上的地精一族給驅逐離開，並佔據了地精一族所建造的「永恆碉堡」讓原本屬於地精一族居住的和樂家園，一夕之間成了令人畏懼的狼族巢穴。

瓦特說自己並不是完全為了精靈果實而答應幫忙的，而是瓦特也想回去看看自己從前的家園，那座集合了地精全族心力合建而成的永恆碉堡，但現今不知道會變成何種面貌。

「那些又臭又難吃的狼獸人，牠們還把我們綠皮小怪一族的大恩人給殺害了，那些該死的狼獸人！這筆帳早晚綠皮小怪一族會找牠們算清楚！」地精瓦特在發洩心中的恨意，也像在對著這片樹林訴說著地精一族的宏願。

然而小紅帽則是注視著前方，因為小紅帽聽見前方不遠處有水流聲，這水流聲響聽起來相當微弱，想必是一條小小的樹林水道。

兩人緩緩穿越了樹林來到了水道的堤岸邊，小紅帽一看到樹林水道便露出驚訝的表情。這條樹林水道規模相當龐大，雖然左右兩側的水道牆壁都佈滿了青苔與藤蔓，但還是能隱約的看出這是用青磚石材所建造。水道足足有十五人身長的寬度，約有二十五人身高的深度，左右兩頭分別往南與北的方向延伸，水道內所流動的水看起來相當少量也相當污濁，這麼大的水道內卻只有這麼少量水在流動，讓小紅帽心裡覺得這條水道是否建造的過大了一些。

「沒路可走了！」小紅帽開口說著，因為眼前這條大水道阻斷了前行的道路。

「哈哈！不只那些又臭又難吃的狼獸人沒發現，就連聰明的人類都沒發現到有任何怪異之處，那證明我們所做的偽裝相當成功，這可要歸功於那些綠皮木匠的巧手。」瓦特邊說邊走向水道邊的一顆矮樹。

小紅帽看見矮樹後才發現到，這顆矮樹比起其他樹木都要來的矮小許多，這水道邊的樹木雖然不算密集，但也都是生長得相當高大。在這麼多高大樹木之間突然有顆矮小的樹木，這不難猜想眼前這顆矮樹肯定大有玄機。

「讓妳看看綠皮小怪一族的傑作！」瓦特來到矮樹旁說著。隨後大腿一踢往矮樹的樹幹上踢去，矮樹受到踢擊力道的衝擊後便立即傾倒在地面上。

「地洞！」小紅帽發現在倒下的矮樹下方有個地洞，這地洞剛好被整顆矮樹給覆蓋著，如果沒踢倒這顆矮樹還真的沒法發現這個地洞。

「是地下水道的其中一個出入口，不是妳說的什麼地洞。人類就是這樣，都愛亂取一些不好聽的名稱。」瓦特說完便對準著地洞一躍而下。

小紅帽發現瓦特的身軀消失在眼前，也趕緊的跑步向前來到了地洞邊，卻發現地洞裡面一片黑暗，有如一口深不見底的漆黑古井。

「地精先生！你在哪啊？」小紅帽心裡著急著，趕緊趴在地上對著地洞口大喊。

「叫我瓦特！人類就是愛亂取名稱！」瓦特忽然站在小紅帽後方說著，小紅帽被瓦特這麼一嚇，整個人差點掉近地洞裡。

「地精先生你從哪走出來的？」小紅帽滿臉驚訝的問著。

「瓦特！瓦特！叫我瓦特！人類真是又笨又沒記性。」瓦特一臉不悅地走到了水道岸邊，隨即回頭對著小紅帽揮手說：「快過來！這水道階梯有時間性的。」

小紅帽聽到瓦特的呼喊便趕緊跑步上前來到水道岸邊一看，只見平坦並且佈滿青苔與藤蔓的水道石壁竟然開始震動了起來，許多堆積已久的灰塵也被震得漫天飛舞。此時水道石壁上迅速竄出許多方形的岩石柱子，這一根根石柱把附著在水道石壁上的粗大藤蔓給硬生生扯斷，整個水道石壁都在激烈晃動，連腳下所踏的地面也感受到震動威力而出現了數道裂痕。大量竄出方形石柱依照上下堆疊的方式而互相緊密連接著，片刻之後便在水道石壁上形成一座由石柱組成的岩石階梯。

「走吧！帶妳去看看地精……，不！這些愛亂取名稱的人類害我都混亂了，是帶妳去看看綠皮小怪的棲身場所。」瓦特說完便先行走下石梯。

小紅帽緊跟在瓦特後頭，低頭看著腳下這些石柱階梯，心裡想著這附近並沒有看見任何地方有大量石材，這周遭只有一大片的樹林。到底建造這條大水道所耗費的石材從何而來？這水道跟機關真是由眼前這矮小的生物種族所建造嗎？

小紅帽走著走著也發現這些石柱階梯倒也不難行走，每根石柱都經過精密的尺寸切割，每根石柱幾乎都相同大小，而階梯角度也不會太過於陡峭，如果真的是由地精一族所建造，那眼前這矮小生物的智慧與能力實在不容小覷。

兩人快步行走過一半階梯的距離時，瓦特忽然停下了腳步回頭對著小紅帽說：「走這！」瓦特說完便伸手往牆壁上一推，原本滿是青苔藤蔓的牆壁被瓦特這麼一推竟然出現了一條小通道。

小紅帽也感到相當訝異，這水道出入口竟然設置在水道的牆壁上，那後半段這些石柱階梯不就成為欺敵階梯。看來這地精一族為了躲避狼獸人的危害，花費了不少的心思與力氣在這些防禦工程上。瓦特先行進入了石壁通道，但由於石壁通道空間狹小，小紅帽則是需要用爬行的方式才能在通道內行進。還好通道內的牆壁平滑四方，爬行起來也還算輕鬆。

「到啦！前方就是地精……不是地精！是綠皮小怪的棲身場所。」瓦特說著說著便消失在石壁通道內。小紅帽發現瓦特的身影消失在自己視野內，於是趕緊加快爬行的速度想趕快跟上瓦特。

「為何出口處毫無光線？」小紅帽心裡疑惑著，一般的居住場所應該會有些光源存在，難到地精一族的眼睛能在黑暗中看見東西。正當小紅帽心裡疑惑時，忽然感覺到右手往前拍空，趕緊停下身軀繼續用右手往前方左右揮舞。

「地精先生！你在哪啊！」小紅帽用手摸索一番後，查覺到眼前通道已經無路可走，加上四周又是漆黑一片根本看不到任何東西，唯獨只有聽到從自身下方所傳來的微弱水流聲，於是只好停留在原地大聲呼喊著。

「是人類的聲音嗎？」小紅帽聽到左方黑暗中傳出說話聲。

「人類怎麼可能會知道密道機關！」小紅帽又聽到說話聲，不過這次卻是從不同的方向傳來。

「難道會是那些又臭又可惡的狼獸人！」這狼獸人三個字的聲音一出，整個周遭方向立刻喧嘩聲四起。有的聽起來像害怕而發出驚嚇聲，有的聽起來像是發怒嘶吼咆哮聲。四面八方到處充滿不知何物所發出的怪異聲讓小紅帽嚇得不敢亂動，然而這些怪異聲音量卻越來越大，彷彿又有更多生物加入了吶喊的陣容。

「都住口！」這句喊聲壓過了其他話語的音量，讓原本吵雜的喧嘩聲瞬間停止。

「人類就是這樣，愛亂取名稱又愛亂吼亂叫的，點火！」小紅帽聽得出這是瓦特的聲音。

正當小紅帽要開口呼喊瓦特時，忽然看到前方有一小團的火焰亮起，過沒多久在火焰下方不遠處又出現一團火焰亮光，隨後又在更下方出現了另一團的火焰光芒。這些火焰光源由上而下的一直接續點燃，並有順序的以螺旋畫圈方式往下延伸。從遠方看來就像是用火焰在牆壁上畫出螺旋狀的圖案。隨著大量的火焰光源將黑暗給逐漸驅逐後，小紅帽才驚覺得發現到自己竟是趴在一個斷崖邊上。

在小紅帽面前是一個廣大的空洞，這個大空洞形狀像個漏斗一樣、上寬下窄，而這個空洞的四周牆壁被鑿出了數條壁溝。挖鑿的人在這些岩石壁溝裡面放置著數把火炬，並以每隔一小段距離的方式佈置在牆壁上當作照明使用。每一處火炬燈座的右方都有一扇小木門，然而所有木門前方都是共用同一條岩石走道，這條唯一岩石走道是以螺旋的方式環繞著整個空洞牆壁。

小紅帽心想眼前場景真的可以算是奇觀，因為要在一個大坑洞牆壁上鑿出像彈簧形狀般的螺旋壁溝並不容易，加上這條岩石壁溝還得要連貫所有的小木門當作行走道路使用，每個小木門內還要鑿挖出可供棲身的活動空間，看來這個工程要比自己所居住的山峰洞穴還要浩大艱難許多。

「你們看！是人類！我就說是人類的說話聲吧！」小紅帽朝著聲音來源的方向望去，見到在岩石壁溝內有一位地精手拿著小火把正指向著自己。

「剛剛哪個混蛋說是狼獸人的啊！」聲音從前方中央傳來，小紅帽看見另一位地精從小木門裡出現，這位地精的右手拿著一根小木棒走出來，不過這位地精的體型看起來比較肥胖了一點。

「好像是耐德說的！」另一頭又有地精從小木門走出來。

「胡說！不是我說的！我聽倒像是瓦伏士的嗓音。」

「你可別亂栽贓啊！」

「到底是誰說的！滾出來……」

越來越多的吵雜聲一哄而起，也越來越多位地精從不同的小木門裡出現加入吵雜戰局，不一會兒時間整個壁溝走道上已經站滿了上千位的地精。

「安靜！」瓦特音量再度制止了眾地精們的吵雜聲。小紅帽也趕緊朝著瓦特的所在位置望去，卻看見瓦特就站在離自己不遠的左方走道上，臉上表情顯得相當憤怒看著走道上的地精們。

「人類術士教誨我們的事項你們都忘記了嗎？人類術士對於我們的期望你們都無法達到了嗎？還是你們只想變回從前那種自私、懦弱、骯髒、又不懂得團結的綠皮小怪？」瓦特憤怒對著空洞內的地精們大聲說著。

瓦特說完後並沒有任何地精回話，整個空洞就這樣進入了沉默寂靜，所有地精看起來都表情沉重，有的甚至還低著頭流下眼淚。小紅帽小心翼翼的慢慢往左方爬行一小段距離，深怕動作太大會製造出聲響來破壞這寧靜的場面。

「為人類術士默哀……」手拿小木棒的胖地精高聲大喊著，隨即丟下手中的小木棒低頭閉眼、不發一語。

「咚……咚……」一根根的小木棒與小火把摔落地面，所有地精都不約而同放開手中的物品，隨後地精們都同樣低著頭不發一語的默默站在壁溝內走道上。

小紅帽看見了洞內的所有地精都在低頭進行默哀，心想這位被地精們稱為人類術士的長輩應該有恩於地精們，只是不知道到底是何種恩情能讓這群地精們對這位術士長輩如此的懷念與尊敬。

「跟我走！人類女孩！」瓦特對著小紅帽說著，隨後便轉身行走在前方的壁溝走道上。

小紅帽趕緊跟在地精瓦特的身後，因為壁溝的高度只比地精們高一點點，而地精身高只有小紅帽半個人的身高，所以小紅帽只能用爬行的方式在壁溝裡前進。

小紅帽努力的緊跟著瓦特，並看到這壁溝走道上有眾多的地精都在睜大著眼睛看著自己。

「我真不敢相信，竟然是位年輕的人類小女孩。」

「她是如何獨自來到西方地區的？那些狼獸人沒發現她嗎？」

「這位人類女孩單獨來到這裡到底是有何目的呢？」

一群地精又在開始互相討論了起來。小紅帽聽見了地精們的疑問，但是小紅帽看見瓦特依然是頭也不回的往前直走，所以只好趕緊跟隨在瓦特身後。

行進了一段距離後來到了空洞的底層，在底層下方有一條水道貫穿而過。水道裡的流水並不多，水質也不算清澈，偶而還能看見從外頭漂流而來的枯黃落葉。瓦特推開一扇小木門走進壁洞內，小紅帽也隨後跟著爬行進入。

「別亂碰任何物品！我拿個東西準備好我們就出發。」瓦特邊說邊走到木床鋪旁，伸出右手臂在床鋪底下摸索一番。

小紅帽左右觀看這個壁洞內的場景，有一塊形狀接近四方形的木頭塊放至在壁洞中央，在木塊面上有著一顆正在泛著綠螢光彩的發亮石塊，整個壁洞被這顆發光石塊給照得相當明亮。

而在這塊四方木頭塊旁邊放有一張矮小木椅，這張木椅看似年代久遠，其木頭表面很多處都已經腐蝕嚴重，已經到達用手指輕輕一捏就能將其毀壞的地步。在壁洞的牆壁上還吊掛著一個圓形大木塊，但這塊圓形木塊的實心已被掏空，裡面堆放了一堆看似地精們穿著的衣物。這個壁洞空間並不大，加上瓦特面前的木床鋪算來，光放置這幾樣木頭家具就已經佔去了超過一半的空間，整個壁洞內根本沒有太多能活動的空間。

「地精先生！這是你家嗎？怎沒看見你的家人？你是一個人住嗎？」小紅帽看著瓦特說著。

「少問問題，人類就是這樣，愛亂取名稱與愛亂問問題！」瓦特從床鋪底下取出一瓶藥劑，隨後便走到小紅帽面前。瓦特將藥劑瓶塞拔出，瞬間藥劑裡的濃密氣味飄溢而出。

「好臭！這是什麼氣味啊！臭的我都快無法呼吸了！」小紅帽身軀向後急仰想遠離藥瓶，卻忘記了壁洞內的高度不高，害得自己後腦勺去撞擊到壁洞的天花板，痛得大叫一聲卻讓自己吸入更多臭氣，噁心臭味瞬間讓自己醒了過來忘記了疼痛，慌張的趕緊舉起右手用手掌摀住鼻子與嘴巴。

「這是巨魔的體液，因為我們等等要經過礦山，而在這座廢棄的礦山裡住有眾多兇狠巨魔。這些巨魔的嗅覺相當敏銳，只要不是同族的生物進入這座廢棄礦山，牠們馬上就能靠著嗅覺來查覺，來進行追捕與獵殺。所以我們在進入這座廢棄礦山之前要先塗抹這瓶由巨魔身上收集而來的體液，好讓我們能躲過巨魔的敏銳嗅覺，也更能讓我們偷偷的通過廢棄礦山到達狼族巢穴。」瓦特說完就將瓶中液體倒出一些在手掌中，隨後便在自己身上塗抹了起來。

「沒有別條路可以走了嗎？」小紅帽看著瓦特在塗抹著巨魔體液，臉上露出了噁心的表情說著。

「如果有別條更安全的路，妳想我會選擇這條危險的礦山坑道嗎？人類就是這樣！就是愛亂問問題。」瓦特說完便把瓶子中所剩下的體液一口氣往小紅帽身上潑。

「啊！」小紅帽被潑來的體液嚇到，隨後體液變慢慢的沾滿了全身。

「人類就是這樣愛亂叫亂叫的！走啦！出發去廢棄的礦山坑道！」瓦特說完便轉身推開小木門走出壁洞外。

【撰寫者手札】

遠在人類與狼族那場大戰之前，有一位身負異能的流浪術士來到了西方衰亡之地。流浪術士在衰亡之地上遇見了居住在惡臭下水道內的地精族群，並漸漸與這群地精們建立起了良好的友誼與信任。經過了一段時間的相處，流浪術士發現到大多數的地精都身染疾病，詳加觀察與治療後才得知這是與地精們的居住環境有關。由於地精們長年居住在骯髒與惡臭的下水道內，一些病菌生物便慢慢開始侵蝕地精們的身體，流浪術士得知原因後便決定要改善這群地精的居住環境，於是便開始教導地精們一些挖掘與建築方面的知識，並開始與地精們一起興建名為「永恆碉堡」的建築物。

經過了將近三年的時間，使用了無數的沙土與磚瓦，這座由流浪術士與地精種族所共同建造的永恆碉堡終於完工。當時地精王相當的喜悅，因為這座永恆碉堡將能讓牠的地精同胞脫離惡臭與髒亂居住環境，於是便下達命令要舉辦一場感謝祭典，並想用這場盛大祭典來感謝這位流浪術士的恩惠。

地精們的感謝祭典在西方夜空下展開，熊熊火焰在用木頭築構而成的祭典高台上燃燒著，而在高台下地精們則是用整齊的舞蹈向上天祈福。最後當祭典儀式進入最後階段，當時地精王手捧著一隻全身雪白的小幼狼走上祭典高台，並準備將小幼狼給丟入在高台上的火爐內，想用這隻小幼狼的靈魂來獻給天界眾神靈。

就在地精王要將小幼狼丟進火爐內的時候，流浪術士即時出手阻止了地精王的舉動。並且告知地精們這種殘害其他種族生物的做法與觀念是一種錯誤，也希望地精們從今以後不要再用這種殺害生物的方式來祭典上天神靈。地精一族聽從了流浪術士的諫言，並從此不再進行焚燒生物的祭典儀式，祭典儀式改成只進行到祈福舞蹈結束後就算完成。

地精王打算將倖存下來的小幼狼送給了流浪術士，原先拒絕接受這份禮物的流浪術士，再看了這隻小幼狼的可愛模樣後便動了心，加上流浪術士認為這隻小幼狼天生全身雪白相當罕見，擔心自己若是真的執意拒絕，那這頭罕見白色幼狼肯定會變成地精們的桌上佳餚。於是流浪術士便接受了地精王的美意而開始飼養起這隻白色小幼狼。

一日復一日，一年過一年，白色幼狼在流浪術士的飼養照顧之下慢慢長大，流浪術士漸漸的對這隻白狼產生了情感。流浪術士開始擔心自己若是過世後，那這隻白狼肯定在失去了自己這一隻保護傘後，會被地精們以異類不能聚的理由趕出永恆碉堡，間接也會成為獵人們眼中的珍貴獵物。

飼養白色幼狼的第七年後，流浪術士打算對白狼來進行試驗。流浪術士運用了自身異能，把自己腦中知識一點一滴慢慢傳送到白狼的腦海中，想借由此舉動讓白狼日後能擁有自行謀生的智慧與能力。流浪術士也煉製了一些奇異藥水來讓白狼飲用，好讓白狼的身體構造能改變得更為強壯，然而流浪術士的這個舉動卻帶來了相當嚴重後果。

白狼在獲得了流浪術士的智慧與長期飲用藥水之後，變得會開始學習思考以及會聽、會說人類語言，並且能像人類一樣用雙腳站立行走，但其體內殘暴的天性卻是難以抹滅。在某一天的夜晚，白狼看見一隻幼小地精在獨自遊玩，小地精鮮血嫩肉的誘惑，終於讓白狼的獵食野性暴發，小地精逃避不了白狼的瘋狂獵殺，就這樣成為了白狼腹中的豐盛佳餚，這也是白狼從出生以來第一次靠著自己能力所得來的食物。

白狼的嗜殺天性越來越明顯，而身體也是一天比一天的強壯，許多地精接二連三的失蹤，讓永恆碉堡裡和諧氣氛變成了無比的恐慌氣息。流浪術士也注意到了這點，於是開始在暗中展開了調查，就在白狼又一次展開獵食的同時，恰巧被正在調查中的流浪術士親眼撞見這殘酷血腥一幕。

流浪術士憤怒的責罵著白狼，就如同父親在責罵小孩一般。但白狼的殺戮野性已經爆發到了極點，早已經忘卻了流浪術士的長久教導，加上眼前的流浪術士又是不斷辱罵，白狼的憤怒情緒也來到了頂點，於是白狼在憤怒之下對流浪術士發動了攻擊。在經過一番廝殺打鬥後，由於白狼的能力已經相當強大，也讓流浪術士沒能躲過白狼這次的反撲虐殺。

白狼忘恩的殺害了流浪術士之後，便毫無忌憚開始殘殺居住在永恒碉堡內的地精一族。無力抵抗的地精一族只好又回到那惡臭骯髒的下水道內，苟延殘喘躲在這熟悉的老地方內居住。

Ch 9 巨魔礦山

在衰亡之地深處有一座廢棄已久的礦山，這座礦山蘊藏著相當多種的珍貴礦石，其中又以綠色螢光礦石為最多數量。也由於整座礦山大多都被綠色螢光礦石所覆蓋的原因，所以會讓整座礦山在夜間裡發出綠螢色的光芒。

夜色裡的寒風侵襲著廢棄礦山，一隻全身呈現褐色的飛蛾在礦山上空振翅飛舞，而在飛蛾底下有著兩道身影躲藏在礦山邊緣的一處矮草叢前。

「把妳藏在紅斗篷裡的小刀拿出來。」瓦特蹲在草叢前回頭對著小紅帽說著。

「喔！」小紅帽從紅斗篷裡掏出從闇精靈住處所攜帶出來的短匕首交給瓦特，只見瓦特拿著匕首對著面前草叢胡亂揮砍，片刻後便把雜亂綠草給割除了一大半。

雜草被瓦特胡亂砍落後，小紅帽發現在雜草後方竟然有著一個散發著綠色螢光的小洞，這個綠光小洞的大小高度都跟惡臭水道裡壁溝洞穴差不多，看來應該又是地精們在此所挖掘鑽鑿出來的洞穴。

「從現在起盡量減少交談對話，我們要保持安靜悄悄進入，在無聲無息中穿越坑道離開此座廢棄礦山。」瓦特將匕首交還給小紅帽，並且對著小紅帽做最後的叮嚀。

小紅帽點點頭後便跟隨著瓦特在這寂靜夜色裡進入眼前小洞，小紅帽依舊用爬行姿勢來跟隨著瓦特。小洞裡所散發出來的綠色螢光剛好成為了兩人照明工具，兩人行進一小段時間後便走出了小洞來到了礦山內部。

廢棄礦山的內部空間相當廣大，大到讓人看不到邊際，由於洞壁上佈滿著多種發亮礦石，讓整座礦山內部呈現出多彩繽紛的景色。小紅帽發現地面上滿是岩塊碎石散落滿地，空氣也顯得十分的乾燥，所站之處絲毫感覺不到有空氣在流動的現象，彷彿混濁空氣在此處已有很長的一段時間了。

瓦特與小紅帽繼續沿著小洞延伸出來的路徑往前行進，一路上除了遇到了兩個岔路耽誤了點行進時間外，倒還算是平穩寧靜的進入到了礦山內部廢棄坑道口。

眼前的坑道入口相當高大且寬闊，遠遠超過了四個成年人類的身長高度以及寬度。粗糙不平的坑道牆壁上同樣有無數發光礦石附著在上面，整個坑道內雖有礦石光亮的照明著，但還是隱隱約約的透露著陰暗氣息。小紅帽不僅懷疑這個巨大的坑道是如何挖掘而成，又為何需要挖掘到如此的大，就算用來給較為高大的狼獸人通行也無須大到這種程度，難不成這條坑道是由地精瓦特口中所說的巨魔挖掘，用來讓巨魔們通行出入使用的。如果真是自己所猜想的這樣，那這些巨魔的身軀不就非常龐大。

「地精先生，這條坑道是由巨魔所挖掘的嗎？」小紅帽決定詢問，並希望瓦特能來為自己解答心中疑惑。

「人類就是愛問問題！這些巨魔們在很早以前就將此礦山霸佔，因為巨魔們特別喜歡光亮亮的石頭，而這座礦山又蘊藏著豐富的發光礦石，所以巨魔們就把此座礦山占為己有。牠們不停的在這座礦山內部進行挖掘工程，為的就是能多挖出一些發亮礦石，牠們喜歡把不同顏色的石頭收集在一起，有的用來當作床墊鋪在地上，有的被串在一起當作吊飾。反正巨魔們就把這些發光石頭看得很貴重，也絕不容許有任何人或生物進入到礦山內部。」瓦特邊走進坑道邊回答著。

「看這條坑道如此寬大，那這些巨魔的體型不就很龐大？」小紅帽跟在瓦特後方詢問著。

瓦特邊走邊回答說：「巨魔體型的確很龐大並且力大無窮，粗大手臂能擊毀任何物品，用力吹氣便能將人給吹倒在地。巨魔樣貌醜陋、脾氣暴躁，對任何事物都懷著敵意，尤其是進入到礦山內部或是想偷取礦石的任何生物，巨魔們更是會以兇殘的手法來對付，所以這就是為何這座礦山會廢棄至今的原因所在。」

瓦特舉起手臂指著牆壁上的發亮礦石繼續說道：「巨魔們喜歡把發光礦石穿戴在自己身上，這也讓巨魔們因為有堅硬礦石保護而不畏懼鋼鐵刀劍的鋒利。長久以來不管是人類或是狼獸人，都不敢貿然進入這座礦山來剷除或是驅離巨魔族，許多生物都共同畏懼著巨魔的龐大身軀與無比蠻力，也是這些原因才能讓這些巨魔在這座礦山內安然平靜的成長並且繁延後代下去。」

小紅帽腳步緩慢的跟在瓦特後方，這條坑道卻是越走越寬大，連頭頂上的坑道石壁也離自己越來越遠。在這條主坑道上的左右兩側有分支著許多條大坑道，看起來就像是一個大河旁的小溪流，整座礦山被許多條大坑道給聯繫交織了起來，看來這些巨魔在這座礦山裡挖掘了很多的寬大坑道。

小紅帽跟隨著瓦特來到了第一個坑道交叉口，這裡發光礦石明顯得減少了許多，這也讓這個交岔口處變得相當陰暗。此時在右方坑道內傳來了一陣陣急促的腳步聲，這突如其來的腳步聲也讓兩人趕緊停下腳步。小紅帽不知所措的望著地精瓦特，只見地精瓦特雙眼朝著左方坑道觀望一會兒後，便趕緊拉著小紅帽朝著左方坑道跑去，並躲在左方坑道旁的一處石壁縫隙內。

小紅帽與瓦特趕緊躲在這條足夠容納他們兩人身軀的牆壁溝縫內，急促且沉重的腳步聲也在此時停止，只留下呼吸遲緩的喘息聲。

小紅帽背部緊貼著在溝縫的牆壁，雙眼慢慢的沿著溝縫邊緣探頭一看，看見在右方坑道口有一個身軀高大的背影，但由於此處的光源並不充足，模糊的背影也讓小紅帽看不清楚到底是何模樣。正當這個背影準備轉身面對小紅帽的時候，小紅帽忽然感覺到自己被不明物體給抓住並且雙腳已經離地，整個身體就這樣被硬生生的從溝縫內抓取出來並且漂浮在半空之中。

小紅帽感覺到身體被越舉越高，此時臉頰上感受到些微亮光穿透過牆壁溝縫照射而來，於是抓緊時間往前一看，想趁這短暫時間來看清楚自己到底是被何種生物給抓著。

眼前看到的景象是一顆巨大腦袋，光禿的頭顱底下眉骨突出、雙眼內陷，粗大的鼻子與兩側大耳都相當顯眼，兩根黃垢尖牙倒長突出在無嘴唇的大口上，而寬大臉頰下顎都有殘留著數道大大小小打鬥過後的傷痕。高大身體被眾多的焦黑礦石給包覆著，看起來像直接將礦石貼附在肉體上一般。

「媽媽！您快來看一下！我在牆壁的細縫中撿到這個玩具！」巨魔轉身對著右方坑道口的另一個較為高大巨魔大喊著，並且舉起手臂將小紅帽給前方坑道口的巨魔觀看。

右方坑道口上的高大巨魔聽見呼喊便回頭一望，就這樣與被舉至在半空中的小紅帽四目交接，原本深鎖的眉頭立即變成憤怒兇狠神情說道：「是人類！快把人類入侵者給殺死！」坑道口的巨魔手指著小紅帽憤怒大喊著。

「好！看我來把她的細小脖子給扭下來。」就當巨魔伸出手掌準備扯斷小紅帽的腦袋時，地精瓦特突然出現在巨魔腳下，並且手上握著原本貼在手臂上的木管，只見瓦特迅速的將木管放至嘴前，隨即便從木管口飛射出一根細長樹針，樹針不偏不倚射在了巨魔的手背上。

巨魔感覺到手背上一陣刺痛後，隨即雙腳一軟癱倒在地呼呼大睡了起來。小紅帽也趕緊從倒地的巨魔手中掙脫，此時地精瓦特趕緊向前拉著小紅帽往左方坑道內快速跑去。

「有入侵者！大家快來一起消滅這些入侵者！」小紅帽邊跑邊回頭看見體型較為高大巨魔正向著自己的方向追逐而來，並開口大喊在通知其他的巨魔一同加入追捕。

巨魔響亮的呼叫聲很快就得到了回應，越來越多的巨魔吼聲從不同坑道內傳來，讓原本相當寧靜的礦山坑道突然之間變成吵雜無比。

小紅帽與地精瓦特不停的在坑道內奔跑，途中也更換了許多條不同坑道，但是不管怎麼努力的奔跑，再怎麼不停的更換坑道，這些巨魔的吼聲就是揮之不去，恐懼的心情也一直伴隨著奔跑腳步而越來越沉重。

地精瓦特帶著小紅帽走進另一條坑道，奔跑不久後小紅帽卻感覺到這條坑道越來越窄，但是附著在牆壁上的發光礦石卻明顯增加了許多，讓這條坑道顯得特別的光亮耀眼。

「這條坑道是一條死胡同！」小紅帽跟隨著地精瓦特來到了坑道底部，卻發現面前除了有一面陡峭的岩壁外，並沒有看到還有其他路可走。

「太久沒來了！一定是巨魔們又挖了許多條新坑道，害我記錯了坑道的順序與方向。」瓦特懊惱的向著小紅帽說著。

「那怎麼辦？」就在小紅帽詢問地精瓦特的時候，在坑道後方傳來了一陣巨魔吼聲，接著便看到一個表情憤怒的巨魔手持著一根巨大石棒而來。

「爬上去！」地精瓦特指著左上方說著。

小紅帽發現到在峭壁的左上方有幾處岩壁斷層，這些斷層讓陡峭岩壁形成如同階梯一般的形狀，若是能到達地精瓦特所指的岩壁斷層，那倒是真能躲避一下巨魔們的追擊，順利的話還能看看這些斷層後方有沒有另一條通路可走。

但是斷層的位置實在是很高，自己也並不肯定能徒手爬到斷層處，加上這面峭壁雖然表面粗糙，並且有眾多突出的石塊可供攀爬，但石塊表面看起來相當濕潤，極有可能在攀爬期間因為岩壁石塊太過濕滑而導致失足墜落地面。

就在小紅帽還呆站在原地猶豫思考的同時，後方巨魔也已經漸漸的逼近到坑道底部。然而地精瓦特已經趕緊的爬上岩壁，並且以相當快的速度在往上攀爬，小紅帽抬頭望著地精瓦特在回頭看著後方的巨魔，隨即也開始徒手攀爬面前這面陡峭的濕潤岩壁。

小紅帽順利的往上攀爬了一小段高度，卻聽見後方巨魔的吼叫聲越來越近，小紅帽不敢回頭觀看，心裡只想趕快的往上攀爬。就在小紅帽伸手抓住石塊準備再往上攀爬的同時，腳下的石塊卻承受不住身軀重量而剝落，小紅帽頓時失去了立足點而導致身軀瞬間的往下滑落。後方兇狠巨魔也在此時到達，憤怒揮舞著手中石棒朝著正在滑落而下的小紅帽擊去，像是在拍打蚊蠅一般的想一棒將小紅帽擊斃在這面峭壁上。

「住手！」一陣宏亮的吼叫聲響透了整個坑道，也連帶制止了發怒巨魔的揮擊動作。小紅帽也在同一時刻滑落到了地面上，而地精瓦特也趕緊從峭壁上直接一躍而下的跳到了小紅帽面前，並迅速的將手中竹管貼至嘴邊，身軀不動和眼前的巨魔互相對望著。

瓦特與巨魔僵持了片刻，小紅帽也慢慢的貼著壁面緩緩站起。此時在巨魔後方的坑道上來了三位高大巨魔，走在中間高大巨魔一手撥開了與瓦特對峙的巨魔，隨後便睜大著雙眼靜靜的看著瓦特與小紅帽。

「捉起來！」高大巨魔看著看著突然大喊一聲，隨行在側的兩位巨魔立即上前撲捉瓦特與小紅帽。瓦特一驚，竹管內的樹針再度急射而出，但這次射在巨魔胸前的焦黑石塊上，樹針碰到石塊便應聲落地。瓦特的樹針攻擊失敗後，也讓巨魔們很快的便抓住了瓦特與小紅帽兩人，並將他們兩人的身軀給高高舉在半空之中，隨後轉身面對著發號司令的高大巨魔。

「又是你，地精王瓦特！你上次偷走我這座礦山內顏色最為光鮮明亮的礦石，害我們為了追捕你而在在樹林內尋找了三天三夜，甚至還差點讓我們忘記了回家的路，你還真是該死啊！我那顆耀眼的發光礦石呢？你把它藏在哪裡了？」高大巨魔看著瓦特說著。

小紅帽聽到高大巨魔提起發光礦石才忽然回想到，在地精瓦特居家內的四方木塊上有一顆發光綠石，原來是地精瓦特從這座礦山偷偷帶出去放置在家中的。

「我只想借礦山之路護送這位人類女孩到達狼族巢穴而已，並不會對礦山內的任何物品再存有非分之想。請先讓我們離去，這位人類女孩所剩餘時間並不多，必須盡快到達狼族巢穴。至於發光礦石我改天保證會拿來歸還予你，希望巨魔王能賣個面子給我，讓我盡快將這位人類女孩給送達到狼族巢穴。」瓦特對著巨魔王訴說著自己的來意。

「哈哈哈！你們聽到了沒？地精小偷竟然還有臉說賣個面子，看來我們的地精小偷真以為牠面子很大，哈哈。」巨魔王開懷的笑了起來，其他三位巨魔也跟著一同笑了出聲。

「不過我倒是很想知道你要帶這位人類女孩去狼族巢穴做什麼？最近那裡有越來越多的狼獸人

在聚集，狼獸人最近開始大量的砍伐樹木，也一直再收集廢棄鐵材來溶解成可用的鐵水，狼獸人日以繼夜的不停鑄造武器防具，看來這一切應該是在為了與人類展開戰爭而所做的準備。」巨魔王看著小紅帽說著。

「我要去狼族巢穴裡殺死狼王！」小紅帽大聲回答時瞬間讓巨魔王愣住，心想這位人類女孩可能沒聽清楚自己剛剛所說的話語，於是巨魔王走到小紅帽面前緩緩說出：「現在狼族巢穴內有成千上萬的狼獸人聚集在那！妳確定妳還想要前往巢穴內部殺狼王？」

「我的生命即將終結，任何危險對我來說都不是阻礙，我只想去我該去的地方，做我該去完成的事情。」小紅帽說。

「看妳還是個人類小孩，為何會說自己的生命即將結束？看來妳這趟旅程並不單純。」巨魔王把臉湊近到小紅帽眼前。

瓦特此時搶在小紅帽開口前大聲說：「巨魔王！要是不去殺死狼王，等狼獸人的大軍一出巢穴，你想你廢棄礦山跟巨魔一族能免於被屠殺的災難嗎？」

巨魔王轉頭望著地精瓦特，心想兇殘嗜殺的狼獸人數量確實是越來越多，光靠巨魔一族的人數也可能無法阻擋住狼獸人大軍壓境。沉思過後轉頭對著地精瓦特開口說道：「好！別說我不給你地精王面子，只要你與人類女孩能幫我拿回我的專屬王冠，我就讓你們通過廢棄礦山，還順便答應你們一件任何要求我去完成的事情。」

地精瓦特心裡想著這巨魔王肯定心懷不軌，而這個要求也肯定有詐，但一旁的小紅帽卻在此時說出：「好！我們去幫你拿回王冠，到時候你可要記住你所說的諾言！」

地精瓦特聽到小紅帽的話語後感到相當震驚，這位人類女孩果然什麼都不懂，就連體型高大、力大無窮的巨魔族都無法拿回王冠，怎麼可能憑一個人類與一個地精就能輕鬆取回。

「人類女孩妳放心，巨魔王絕不食言！」巨魔王回頭對著小紅帽說完便立刻抬頭對著一旁的巨魔接著說道：「把他們帶往封閉的坑道口！」

「對！送他們去那個可怕的地方，讓我們看看到底這兩隻小生物能不能活著出來，哈哈哈！」抓住瓦特的巨魔在大笑說著。

「少廢話！快走吧！」巨魔王說完便轉身消失在坑道內。

＊　＊　＊

在鄰近東方與北方大陸交界處上有一座雄偉無比的城堡，人們稱這座城堡為「聖城」。而在聖城城堡的左右兩側各有一座高聳哨塔，哨塔上還不時有衛兵在站崗巡視。

聖城正前方有著一條寬大的激湍河流，這條河流經由北方森林來到東方草原，穿梭在整個北方與東方的土地上。而在河流後方河道上有架著一道道削尖木樁的防禦工事，在木樁後方與城堡大門間隔處有著一面高聳的護城石牆，石牆厚實且環繞著雄偉城堡，並與城堡的左右雙哨塔有所相連。

聖城內的防禦工事也正在積極進行著，護城牆上也佈滿著訓練精良的弓箭兵與投石機具。眾多身著鎧甲的戰士正在集中列隊，聖城居民紛紛的進入聖城地堡內躲藏，聖城廣場與街道到處充滿著指揮調度的吶喊聲，就連掛在城牆邊的銅鐘也在此刻發出清脆鐘響聲。

「這鐘聲已經很多年沒響起了，上一次鐘響時刻是出征狼獸人族的時候，沒想到這次竟然是在聖城處於危機的時刻響起，法卡克……你說這次聖城裡的居民能安然度過這次災難嗎？」說話之人抬頭望著正在搖晃中的銅鐘。此人眉目之間顯露著王者風範，舉止間盡展出尊貴之姿，銅鐘下黑影正投射在他那一身華麗輝煌的藍色戰甲上，讓原本藍光四射的尊貴戰甲暫時失去了光芒。

「聖皇，如果蔚藍的天際被染上一層深邃黑暗，那無止盡的邪惡便會恣意遊竄，讓每個人不自覺得陷入深沉的絕望之中，被邪惡侵襲佔據的心靈會在瞬間失去一切正面情緒，整個心靈將會被負面情緒給籠罩、無法掙脫。」法卡克上前二步拉著聖皇走出銅鐘所投射出的陰影處，並比著廣場街道上正在來回奔跑的士兵與居民們繼續說道：「我看見了一群人從深淵中昇起，我看見這群人獻出生命，就是為了過著和平幸福的日子。從他們的心中，我看見了他們所追求的世界遠比我所見得更加祥和無暇。他們不會向邪惡低頭，也不會輕易的言敗，更不會輕易放棄他們心中的祥和世界。我已經請薩滿族的庫傑與耶妮亞回北方部落，他們將帶領著北方薩滿一族前來援助聖城。」

「闇精靈那方面呢？連絡道路都被阻斷了嗎？」聖皇說。

「夏恩斯得知我們一定會像闇精靈族尋求援助，於是早已將所有的連絡道路都給封鎖了。但闇精靈族也正在設法突破困境，雖然無法確定闇精靈一族是否會前來支援，但我相信這場戰役並沒有到絕望的程度。我們有寬大激流的護城河，高聳堅固的護城石牆，緊密的尖木樁能讓敵人陣行潰散。而左右哨塔既能輔助防禦聖城也能同時出兵夾擊敵人，只要我們穩住腳步堅守個幾天，相信狼獸族人便會不攻自退。」法卡克面對聖皇說著。

聖皇麥爾登回頭對著法卡克說道：「這些事情我相信夏恩斯也知道，我認為夏恩斯不會給我們太多時間堅守聖城，夏恩斯一定做足了萬全準備才敢作出如此行動。夏恩斯有勇有謀，是個難得的人才，想坐王位可以跟我明講，我可以讓位予他，這樣夏恩斯就無需隱瞞著我暗地裡培育著狼獸人族，來讓一些無辜居民受到他的一已之慾所迫害。」

「夏恩斯籌備了十幾個年頭，確實不容忽視這次的危機，而且狼獸人族的數量與品種尚不明確，只能希望這次夏恩斯的準備沒能做足，好讓我們能反攻一舉吞噬掉他們的野心。」法卡克說著。

「真是對不起我那位在天上安詳長眠的妹妹！」麥爾登抬頭閉眼的向著天際。

＊　＊　＊

同一時間小紅帽與瓦特在巨魔們的帶領下穿越了無數個坑道，途中也見到了為數不少的巨魔，巨魔們似乎很少見過其他不同種的生物，沿路上巨魔們紛紛用好奇的眼光在觀看著小紅帽與瓦特兩人。

巨魔們停在一處被大石給堵住的坑道口，小紅帽發覺這顆大石是被故意放置在這裡的。因為這顆大石被三根粗大的石柱給頂著，而這三根大石石柱就是為了不讓這顆大石能從另一面的坑道內部裡被推出，加上這顆大石從外表看起來相當堅硬。看來這顆大石後頭的坑道就是巨魔們口中所說危險地區。

「把用來封閉的石柱拿開！」巨魔王話剛說完，身旁的三位巨魔便將小紅帽與瓦特放在地面上，隨後便立即向前拿走大石前的三根石柱。

「別說我不幫忙你們，我現在給你們一個建議，就是一但進去後就千萬記得要遠離『水』。坑道裡頭的水可是相當危險而且致命！」巨魔王對著小紅帽與瓦特說完後便又立刻抬頭對著眼前的巨魔們說：「好啦！你們把大石給推開一些，好讓我們這兩位勇敢小生物能進入到封閉的坑道內！」

「你說要遠離坑道裡頭的『水』，這到底是甚麼意思？這坑道後頭到底有什麼東西？」地精瓦特一臉不悅的表情來到巨魔王腳下詢問著，瓦特知道巨魔王一定隱瞞著很多危險的事情沒講出來。

「這就要由你們自己去探索了，你們只需要拿回王冠就能換取自由，而且還能通過礦山直達狼族巢穴，外加一個在巨魔王能力範圍內的願望，相信光是這些優惠條件就值得你們進入坑道內部一探究竟了。」巨魔王彎著身子低頭對著腳下的地精瓦特說著。

「你這個狡猾的巨魔王！小心你會有不好的下場！」瓦特憤怒的指著巨魔王，此時坑道大石也已經被推開，露出了大半個坑道入口。

「等你能出來再跟我談話吧！」巨魔王話語一停便舉手往前一揮，示意催促著小紅帽與瓦特趕緊進入封閉坑道。

「走吧！地精先生！」小紅帽邁開腳步的往坑道口走去，瓦特回頭一看也趕緊轉身跟隨著小紅帽進入了封閉坑道。

「把坑道口封起來！」巨魔王對著三位巨魔說，三位巨魔立即將大石給推回定位，隨後再把三根石柱給放置歸位。

「妳這個傻瓜人類，妳看那些狡猾的巨魔們把坑道口給封閉起來了，巨魔王根本就存心要把我們兩個給關在此處，要讓我們在這條坑道內慢慢的餓死。」瓦特回頭看見坑道口被大石堵住後便開始怪罪起來。

小紅帽並沒有去理會瓦特的抱怨，一直往坑道的深處裡行走而去。這條坑道跟其他條坑道差異不大，四周牆壁同樣都有一些發光礦石，坑道內不至於黑暗到不見五指。然而小紅帽發現到越是往坑道深處走，坑道牆壁上的發光礦石越是明亮動人，耀眼程度就如同之前在瓦特家中所見到的明亮礦石一般。

地精瓦特目光也被這些明亮耀眼的發光礦石所吸引，隨即走向坑道牆壁旁觸摸著礦石表面心想著：「原來礦山裡頭最光亮的礦石都藏在於此，難怪我都找尋不到這些光亮礦石。但為何巨魔們不敢進入來此拿取礦石，到底這條坑道後頭有何種危險，能令高大巨魔們恐懼到不敢進入拿取自身最愛的明亮礦石，就連巨魔王的隨身王冠也被拿到此處，看來這條坑道裡充滿未知的危險。」

「這裡有一個水池。」瓦特被小紅帽的話語給打斷了思緒，回頭只見小紅帽站在坑道出口處手指著前方。瓦特此時想起巨魔王的叮嚀，於是快速往小紅帽的方向跑去。

「巨魔王所說的『水』，難道就是指這個水池。」在瓦特與小紅帽面前的是一座小型水池，這個水池形狀類似八角形，並有眾多明亮礦石整齊的排列在水池四周邊緣，密集排列的發光礦石在水池邊形成一道擋水石牆。

「這個水池並不尋常，在這座毫無水源的礦山出現了一座小水池，而且還不是鑿深地表而成的水池，竟然是用礦山岩石來建造水池。看看這些堅硬的礦山石塊也被切割如此平整，看來巨魔王所說的危險，就是這座人工水池的建築者。」瓦特邊說邊環顧著四周。

小紅帽也跟隨著瓦特觀看周圍，發現這裡空間比身後的坑道大上許多，但也發現在水池的正後方也有著一條坑道，但是那條坑道口卻絲毫看不到任何光源，感覺好像坑道內沒有任何一顆發光礦石的存在。

「人類女孩妳看看頭頂與身旁的岩壁，到處都有被切割過後的痕跡，看來原本在石壁上的礦石被切割下來放置在地面上當作擋水牆使用。而這裡空間也是被切割出來的，妳看看水池後方也有一條坑道，但其實那條坑道跟我們後方坑道原本是一體的，只是不知是哪種生物在此切劃石壁讓坑道空間變大，並在這興建一座小型水池來阻斷坑道的連接。但不管真相如何，眼前水池就是巨魔族恐懼的來源。」瓦特說完便舉手指向水池。

「不管如何，總之王冠一定在水池裡面，我們只需要上前去打撈上來即可。」小紅帽說完就走向前方水池。

「傻瓜女孩妳什麼都不懂啊！能這麼簡單就能打撈上來的話，那些狡猾巨魔早就來將王冠給取上來了啊！再說這個水池一定……」瓦特話未說完，水池裡的水面忽然激起一陣水花，一道藍色身影從水面下一躍而出，四濺而飛的水花伴隨著藍色身影迅速灑落在小紅帽的面前。

瓦特被這道從水池中竄出的藍色身影給驚嚇到，隨後便很快的定神一看，發現到在小紅帽面前是一隻跟自己差不多高度的水藍色生物。而這隻水藍色小生物還將巨魔王的王冠從肩膀套到另一邊腰際上，顯然是把王冠給誤當成是肩帶在斜揹著。

「是水妖精！真的是一隻水妖精！」小紅帽開心望著眼前的水妖精，然而水妖精也正用兩顆水汪大眼在凝視著小紅帽。

「原來這種小生物叫做水妖精，看起來還挺可愛的。」瓦特說完便朝著小紅帽身邊走去，才剛跨出一步便看見水妖精轉頭憤怒的盯著瓦特，顯然這隻水妖精不喜歡瓦特太靠近小紅帽。

「我從小就聽橡倫爺爺說過，水妖精全身呈現水藍顏色，兩顆水靈大眼是此生物的特色，在雙眼內有著相當獨特的水滴雙瞳、唯美非凡，身軀有如透明玻璃一般，而在這透明軀體內還流動相當清澈的水藍色血液。橡倫爺爺還說水妖精是他這一生中看過最美麗的生物，現在我終於看到橡倫爺爺所說的水妖精了。」小紅帽微笑的看著水妖精說著。

水妖精回頭繼續望著小紅帽，水汪眼睛在此時眨了二下眼，小紅帽看見水妖精眨眼模樣甚是可愛，於是微笑的繼續說道：「橡倫爺爺還說要看見水妖精並不太容易，由於水妖精數量非常稀少，加上又是以獨居方式生活，所以要繁殖延續就更不容易。橡倫爺爺說他也是在十四年前的一次巧遇中才能幸運見到這種美麗的生物，之後就都沒有再看過水妖精了。」

瓦特並沒有像小紅帽一樣有閒情逸致在欣賞著水妖精，瓦特知道這隻小生物一定相當危險，不然巨魔們不會如此懼怕著牠，也不會費心的搬來一顆堅硬大石來堵住坑道口。瓦特慢慢的移動左手臂，悄悄的將竹管給從右手臂上拔出，正當瓦特想用竹管內的鐵針來昏迷水妖精時，忽然聽見水妖精對著小紅帽說出：「橡……倫……」。

「你剛剛是說橡倫嗎？你認識橡倫爺爺嗎？」小紅帽聽不太清楚水妖精的模糊發音，於是開口想向水妖精確認所說話語，但只見水妖精面無表情的把頭往右邊一歪，隨後又對著小紅帽眨二下眼，感覺像是聽不懂小紅帽所說的話。

「會不會這隻水妖精就是跟橡倫爺爺所救的水妖精是同一隻？」小紅帽內心想著。

小紅帽便繼續問著水妖精說：「十四年前有一位人類遇見了一隻受傷倒地的水妖精，經過這位人類的觀察後，發現水妖精的右大腿彎曲變形，已經嚴重影響到體內血液的流動，於是這位人類就把水妖精的右大腿給拉直復原，請問這位人類所遇見的水妖精可是你？」

水妖精把頭從右邊歪向左邊，同樣面無表情的看著小紅帽並又眨二下眼，似乎還是聽不懂小紅帽在說著什麼。

「看來這隻水妖精聽不懂語言，就算妳跟牠說再多也都是廢話，我看還是用樹針來讓牠昏睡，然後再從牠身上拿出王冠交給巨魔王，這樣一來既簡單又快速。」瓦特說完便將竹管給放置在嘴邊。

「等一等！」小紅帽張開著手掌並出聲制止了瓦特，因為小紅帽從水妖精的水滴雙瞳內看見了一道身影，但因為離水妖精還有幾步之距，所以並不是很清楚的能看出這道身影是何模樣。此時水妖精已經把頭轉正並走向小紅帽，由於水妖精的慢慢靠近，讓水滴雙瞳內的身影也漸漸清晰可見。

「是橡倫爺爺！橡倫爺爺身影在水妖精的眼睛裡面，這太神奇了！」小紅帽指著水妖精的雙眼轉頭對著瓦特微笑說著，隨後帶著微笑表情回頭看著水妖精的水靈雙眼。

小紅帽察覺到水滴雙瞳裡的影像開始產生變換，於是收起微笑表情專注凝神盯著雙瞳內的影像。雙瞳影像呈現著十四年前在湖泊中封印狼王的過程，影像一直持續到橡倫一行人離開那座湖泊為止。

「原來橡倫爺爺左腳是被你給切斷的！橡倫爺爺好心出手救你，但卻慘遭你切斷他的左腳，讓橡倫爺爺到如今都還在傷痛著。」小紅帽壓抑不住內心裡的不平憤怒，提高分貝的對著水妖精說著。

「橡……倫……」水妖精收起了雙瞳中的影像哀傷說著。

此時在一旁的瓦特感覺到水妖精應該聽得懂話語，只是水妖精的語音表達能力不好，所以運用了能呈現影像水滴雙眼來回答小紅帽所詢問的問題，於是瓦特對著水妖精說出：「喂！水妖精！在你面前是橡倫的孫女名叫小紅帽，小紅帽目前非常需要你身上的王冠，如果你肯把王冠送給小紅帽的話，那也算是報答橡倫對你的救命恩情。」

小紅帽聽完瓦特向水妖精索取王冠的話語後，也覺得地精瓦特所用的討恩情攻勢可能會奏效，於是緩緩蹲低身子對著水妖精說：「水妖精朋友，我需要靠你身上的王冠才能離開這座礦山繼續前往狼族巢穴，我必須到達狼族巢穴完成必須完成的事。如果我能夠完成事情並活著離開巢穴的話，我保證一定回來此地帶你一同回去迷霧山峰，好讓一直想念你的橡倫爺爺能好好看看你，我想橡倫爺爺要是看到了你一定會高興的跳了起來。」

瓦特靜靜等待小紅帽說完並觀看著水妖精的神態，但只見水妖精依然站在原地，看似沒有被小紅帽的恩情話語給打動，水妖精同樣面無表情的望著小紅帽，並動不動就用牠那水汪雙眼在對著小紅帽眨眼皮。瓦特心情開始浮躁並不耐煩的說著：「你看看牠一動也不動的，看來這隻奇怪藍色生物根本聽不懂我們所說的話，還是讓我用樹針來讓牠昏睡，省得在此浪費我們的寶貴時間。」

就在瓦特開始耐不住性子的時候，水妖精此時將王冠從肩膀繞過頭頂給取了出來，然後緩緩套往小紅帽的頭上。但是因為巨魔王冠邊框大過於小紅帽的頭顱，於是整頂巨魔王冠就直接穿越頭顱停落在小紅帽的肩膀上。水妖精將巨魔王冠放開後便牽起小紅帽的右手臂，隨後用含糊不清的言語對著小紅帽說：「看……橡……倫……」。

「這隻奇怪生物該不會是想跟我們一起離開這裡吧？」瓦特看見水妖精的左臂握著小紅帽的右手掌，像似小孩吵著要跟大人出門一樣。

「好！我帶你離開這裡，你獨自一個被關在這裡很久了吧！應該會很想看看外頭的世界吧！我也是如同你一樣在山峰內生活許久未曾遠離，我能體會被關在一個地方無法離開的感受。」小紅帽起身牽著水妖精返身往坑道封閉口走去。

「妳腦袋壞掉了嗎？人類女孩！這隻奇怪生物可是連巨魔王都懼怕，而妳卻要讓牠跟我們一同離開……」瓦特說到這裡心中忽然恍然大悟，只要帶著這隻連巨魔王都感到害怕的水妖精在身邊，那就不用擔心到時巨魔王拿到王冠後會背棄承諾，轉而殘暴的殺害自己與小紅帽。畢竟巨魔王還記著自己偷拿走牠的發光礦石，並隨時想找機會了結掉這個心頭之恨，腦中浮現自己被巨魔王給扭斷脖子的景象，隨即便滿臉慌張的趕緊改口說著：「人類女孩妳決定是明智的。」瓦特邊說邊跟隨著小紅帽移動。

【撰寫者手札】

巨魔族群因受到西方大地的環境巨變影響，讓巨魔族不得不放棄了原本的居住地而開始往南方大陸遷移，在一個月色陰暗的夜裡，巨魔們發現了一座會散發著微微綠光的山脈。這座發光山脈深深停止了巨魔們的遷移腳步，山脈內的發光礦石更是讓巨魔們感覺如得珍寶，於是巨魔族群經過一番討論之後，便決定在此座山脈中定居了起來。

巨魔們開始在山脈內挖掘坑道以供行走，並希望能借用坑道交錯縱橫的複雜構造來抵禦外敵，於是漸漸的將發光山脈給構造成一座迷宮礦山。

巨魔們在一次挖掘工程中發現了硬闖而入的水妖精，於是討厭與別種族生物共同生存的巨魔族便開始對水妖精展開撲殺，勢必要讓這位不速之客命喪在這座山脈之中。

巨魔族的撲殺行動並不順利，為數眾多巨魔在行動中被水妖精的鋒利水刀給割傷，巨魔們紛紛受傷並且不敢靠近水妖精，就連巨魔王的寶貝王冠也被奪走。

巨魔王看到自己的族民如此懼怕這隻矮小生物，於是在憤怒之下隨手拔取在身旁石壁上的石塊丟擊水妖精。

水妖精輕易閃躲掉這顆急飛而來的石塊，但落在面前的石塊卻在此時發出一陣陣耀眼綠光，水妖精被這一顆忽然發出綠光的石塊給驚嚇到，隨即轉身逃入一條漆黑的坑道口內。

巨魔王看見水妖精逃入尚未挖掘完成的坑道後，隨即命令巨魔族民把坑道口用堅硬石塊給封起來。巨魔王認為水妖精懼怕發光礦石，於是讓每位巨魔族民挖取發光礦石貼於身體上，如此一來便可不用擔心水妖精的襲擊。

然而水妖精卻在封閉坑道內慢慢克服了對綠光的恐懼，也在這條坑道內切割石壁自築棲息地，並用自身水藍血液製造出一座水池，靜靜的在這座水池中療養著腿部傷勢。

Ch 10 回歸

「巨魔王！我與人類女孩拿到了王冠了！快將坑道口的石塊給拿開！」瓦特用力狂踢著封閉坑道口的堅硬石塊並大聲吶喊，這是瓦特第三次對著石塊大喊，但始終得不到另一頭巨魔族的回應。

「難到巨魔王不要王冠了嗎？」小紅帽牽著水妖精向瓦特詢問著。

「傻瓜女孩，狡猾的巨魔王一定是用王冠來欺騙我們，好讓我們在這坑道裡慢慢消耗生命。巨魔王一向非常憎恨闖入礦山的入侵者，巴不得讓這些入侵者都是進的來出不去，我看我們要被困在這裡慢慢等死了。」瓦特說完舉起右腳用力的踢一下石塊。

「那現在該怎麼辦？我的時間所剩不多了，必須趕緊到達狼族巢穴才行。」小紅帽滿臉著急的表情說著。

「我不知道別問我，早就說過答應巨魔王這件事就是一個錯誤決定。」瓦特走到牆角邊緩緩坐下，並深深的吸了一口氣後便雙眼緊閉，看似只能無奈的呆在此處，靜靜等待命運的安排。

小紅帽看見瓦特喪失了繼續叫喊的鬥志，於是牽著水妖精上前對著石塊大喊著：「巨魔王先生！

你要的王冠我拿到了！麻煩請推開堵在洞口的這顆石頭！」吶喊片刻過後便立即陷入一片寂靜，巨魔們並沒有回應小紅帽的叫喊，小紅帽看見瓦特依舊閉著雙眼不發一語，於是也雙腳緩緩彎曲的坐了下來。

「你也坐下來等待吧水妖精。」小紅帽輕輕拉著水妖精的手臂示意請水妖精坐下，水妖精對小紅帽眨二下眼睛後便將握住的手掌放開，隨即走到封閉坑道口的石塊面前。水妖精的雙手臂上下一個抖動後便立即變化成刀刃形狀，隨後對著面前的堅硬石塊胡亂揮舞，堅硬石塊竟在瞬間被刀刃手臂給切割裂開。石塊沿著數條切痕迅速崩塌落下，瞬間整顆石塊就變成數顆大小不一的灰黑石塊掉落在地面上。水妖精將石塊給切開後便轉身面對著小紅帽並比著坑道出口處，像似在說著堵住門口的石塊已經不再阻擋去路。

「你好厲害啊！水妖精！我們趕緊離開這裡吧！」小紅帽相當開心的趕緊起身牽著水妖精往坑道口走去。

瓦特心裡卻是感到相當驚訝，眼前這隻藍色小生物竟然輕易的就把一顆巨大石塊給切成數塊碎石，腦中回想起坑道水池四周的岩壁景象，隨即恍然的緩緩說道：「原來水妖精隨時都能離開這條坑道，但水妖精卻是在坑道內切割岩壁築造水池，顯然是把這條坑道當成是居住巢穴了。」

小紅帽牽著水妖精走到坑道出口，才剛探頭便立即發現有兩隻巨魔正在轉身準備逃跑，於是趕緊對著兩位巨魔大喊著：「麻煩請兩位巨魔先生幫我通知巨魔王一聲，就說他要的王冠我們已經拿到了，請巨魔王讓我們離開這座礦山，我們需要趕緊前往狼族巢穴。」

兩位巨魔雖然停止住身軀，但是頭顱始終沒有回頭觀看，彷彿並不想知道說話之人是何表情。瓦特看到這兩位巨魔似乎不想理會小紅帽的請求，於是隨後對著兩位巨魔的背影大聲說著：「如果我們在十分鐘之內等不到巨魔王的話，那我們也只好放任我們的朋友水妖精去四處遊走一番，我相信巨魔王應該不想讓這種事情發生才是。」

兩位巨魔互望片刻後便開始低聲交談了起來，隨後兩位巨魔同時轉過身來，沒想到一轉身卻看見水妖精，隨後兩位巨魔便嚇得趕緊後退後數步，其中一位巨魔還因為過於驚嚇慌張而腳步不穩摔倒在地，站著巨魔趕緊伸手拉起倒坐在地的巨魔後，隨後語氣顫抖的說道：「我們這就去請首領過來。」兩位巨魔說完便立即轉身拔腿就跑。

小紅帽三人在坑道口等待，瓦特靜靜看著小紅帽在與水妖精嬉鬧玩耍，兩人玩得相當開心、笑容滿面，心裡想著這隻水妖精似乎相當喜愛小紅帽，而小紅帽也看似相當喜歡這隻水妖精。從水妖精的可愛外表看來，絲毫感覺不出這隻藍色小生物竟有如此大的危險性，竟能讓高大且數量眾多的巨魔族如此懼怕，看來如果能好好運用這水妖精兩條能變化成水刀的手臂，或許能夠幫助這位人類女孩不少的忙。就在瓦特靜靜的在思索之時，巨魔王也在此時率領著四位巨魔從坑道內快步走出。

巨魔王看見水妖精與小紅帽在嬉鬧，於是獨自走向前幾步說道：「想不到你們能將性格兇狠；而且不愛與任何生物接觸的水妖精給馴服，這位小女孩還真是讓我訝異萬分。」

「巨魔王！王冠幫你取回了！快帶我們離開礦山吧！」小紅帽發現巨魔王來到，於是趕緊拿下身上王冠走至巨魔王面前說著。

巨魔王伸手從小紅帽手中拿取王冠，雙眼不時緊盯著在小紅帽後方的水妖精，只見水妖精的雙眼始終都看著小紅帽，對其他事物景觀看似都漠不在意。

「高大狡猾的巨魔王，別想不履行你的承諾，也別想拿到王冠後趁機殺了我們，小心人類女孩可以讓這隻水妖精奪取你的寶貴性命。」瓦特了解巨魔王怕死的個性，於是搶先開口來個下馬威，好讓巨魔王心裡感到害怕而不敢輕取妄動。

巨魔王緩緩的將王冠給戴在頭上後轉身說道：「隨我來吧！我帶你們離開這座礦山。」

巨魔王喚退了四位貼身跟隨而來的巨魔，隨即進入了另一條漆黑坑道。小紅帽也轉身回頭去牽著水妖精跟上巨魔王的腳步，而瓦特則是右掌緊握著竹管，也移動上前跟在小紅帽與水妖精身後。

一行人在坑道內走了一會，此時巨魔王在一處坑道與坑道間的轉接點前停下，並舉著手臂指著坑道內說：「這條坑道盡頭便是狼獸人族所居住的巢穴之地。小女孩，妳還真是幸運，不久之前狼族首領才率領著狼族大軍傾巢而出，這段期間巢穴內有如空城，是你們最適當的潛入時機。」

「真是奇怪……狼族不曾有過大舉離開巢穴的情形，狼獸人害怕被人類得知行蹤，所以並不曾大量出現在西方土地上。不知是何原因讓狼族大舉離開巢穴，難道是巢穴位置被人類知曉，人類進而派遣武裝大軍前來殲滅狼族，如果真是這樣那就太好了，讓那些愛亂取名稱的人類去消滅掉那可恨狼獸人族。」瓦特緊握著竹管激動說著。

巨魔王緩緩放下手臂搖頭說著：「很可惜，這次卻不是人類想消滅狼獸人族，而是兇狠狼獸人族想剷除自認高貴的人類種族。看來這次狼獸人族敢反撲人類種族，想必定是做足了萬分的準備。人類長久以來並無戰事、疏於訓練，加上狼獸人族又截斷了人類種族唯一盟友闇精靈族的援助路線，我想這次人類種族勢必難以招架醞釀已久的狼族攻勢。」巨魔王說完便低著頭看著小紅帽問道：「小女孩！我曾答應妳一個願望，說吧！訴說出妳想要的願望吧！只要是巨魔王能力所及的事，巨魔王保證竭盡所能的去完成交付。」

小紅帽低頭沉思了一會，隨後雙手將紅色兜帽邊的繩索給拉緊並抬頭說道：「我的願望就是希望你能幫我……」

＊　＊　＊

聖城護城牆上一名將士快速的奔跑，將士越過了聖城廣場來到了聖城大殿，大殿門扉被將士給奮力的推開。將士開門看見聖城大殿內聚集了眾多武裝士兵，個個身著精良胸鎧，頭上套著看不見臉龐的白鐵戰盔，手中長槍與白盾不停的閃爍著白光。然而這些精裝士兵並不理會推開門扉而來的將士，這些精裝士兵目光皆放在走道盡頭處的聖皇身上。

此時聖皇麥爾登緩緩的從座椅中站起，左右側兩名精裝士兵看見後便立即跨步上前，並用雙手將手中的長劍與白盾遞呈在麥爾登面前。麥爾登從兩名精裝士兵手中接下長劍與白盾後便看著推門而入的將士說：「我們去讓天真狼獸人族知道牠們的理想是多麼艱鉅難成，並讓牠們的野心就在聖城劃下句點。」麥爾登說完便朝著大殿出口而行，大殿內精裝士兵也排列整齊的跟隨在麥爾登身後。

夏恩斯帶領著忠心部將與殘暴的狼獸人大軍來到了聖城，數量龐大的狼獸人戰士在河床邊一字排開，聲勢浩大的在護城河旁呼喊了起來。

「十四年了……我期待這天的到來已經很久了，我今日將要把聖城給奪下，並且要親手結束掉那位可悲麥爾登的人生旅程。」夏恩斯與身旁狼獸人雄獅一同站立在大部隊後方觀看聖城石牆上的動態。

「然而你的人生旅程也是……」雄獅話語未畢，手中短刃已經迅速刺入了夏恩斯的腹部中。

「你……你們這些忘恩負義的狼族……」夏恩斯表情痛苦並雙手握住雄獅的右手臂，睜大著雙眼怒視著雄獅。

「愚蠢的人類，你已經沒利用價值了。」雄獅搖著頭微笑說完話後便立即伸手去握住夏恩斯腰間上的劍柄，隨即舉起右腿往夏恩斯的腹部奮力一踢，將受傷的夏恩斯給踢退了幾步，隨後在抽出夏恩斯配劍往夏恩斯的脖頸一劃，夏恩斯瞬間身首異處躺倒在地。

「你把我狼獸人同胞全數往前方陣線調遣，而你的人類部隊卻全安置在後方陣線。你以為我不知道你想先讓狼獸人去跟聖城內的人類廝殺，而你與你的人類部隊在後頭等時機成熟後再進場來個漁翁得利，可惜你太低估了狼獸人的智慧了。」雄獅低頭看著夏恩斯的屍首說著。

雄獅甩手將手中的染血利刃給丟棄在地上，並轉身對著後方的兩名身材瘦小狼獸人說：「吩咐下去調整陣行，將夏恩斯的人類部隊給調往前線攻打左右哨塔，並派人去前線請白狼少主回到部隊後方，就說我有事要與牠商量。」兩位身材瘦小的狼獸人向雄獅點頭後便轉身朝著部隊前陣而去。

＊　＊　＊

「狡猾的巨魔王果真沒騙我們，這條坑道果然通到狼族巢穴。人類女孩快點過來看，坑道前方就是地精們所建造而成的雄偉城堡。」地精瓦特站在坑道出口手開心的比著前方說著。

小紅帽手牽著水妖精加快速度的行走至坑道出口，想看看瓦特一路上不斷提起的地精城堡到底是何模樣。小紅帽來到了坑道出口趕緊向前一看，但是眼前景象卻是讓小紅帽吃了一驚。

眼簾內到處都屹立著建築被破壞過後的斷壁殘骸，灰沉沉煙霧也不時的從地面上竄升而起，這些濃煙讓天空形成一層厚厚的灰霧，眼前景象有如是一處被戰火焚燒過後的廢墟。

就在小紅帽觀看景象之餘，瓦特已經跑向前停在一面尚未完全倒塌的牆邊，並且雙手還不停的在地面上撥動雜草，似乎想在雜草下尋找甚麼東西。小紅帽見狀也慢慢的朝著瓦特所在方向前進，看見地面上還有許多地區都鋪著雜草，然而這些雜草散發著一股的濃濃尿騷味。地面上看似沒有任何生物在移動，放眼望去完全是死寂一片，也聽不見有任何打破寂靜的聲響，也感受不到有任何的生命氣息，這裡除了無息的寂靜之外，還隱藏著令人恐懼的死寂感。

小紅帽與水妖精來到了瓦特後方，看著面前這面尚未倒塌的牆。這面牆壁是用淡紅色的硝石所堆砌而成，而在每塊硝石表面還隱約的能看到一些奇怪圖案，想必是地精們在建造石牆的時候所刻畫上去，只是長久的荒廢腐蝕讓這些圖案已經模糊不少。

「那些笨蛋狼獸人果然沒發現到這個祕密地道。」瓦特撥開地面上雜草並且在地面下的斷牆上拉出一塊硝石，此時斷牆右側地面立即往下塌陷，露出了一條不算很寬大的地底通道。

瓦特看見地道打開後便起身往地道而去，此時在後頭的小紅帽開口問道：「地精先生，狼族巢穴不是到了嗎？為何還要鑽入地面？」

「笨蛋人類！狼獸人要是都躲在地面上的話，那不就早被人類給察覺了嗎？真是個笨蛋的人類女孩。」瓦特說著便往地道走下去，小紅帽看見瓦特消失在自己眼前，趕緊帶著水妖精跑步上前來到地洞旁跟著瓦特爬進了地道。

這個地道跟之前遇到的地道相同，小紅帽同樣要以爬行的姿勢才能在洞裡前行，小紅帽跟水妖精與瓦特前行一段時間後，地洞裡的空間已經慢慢變得能讓小紅帽站立行走。三人再行進一段時間後，地洞內空間已經漸漸大到有三個成年人的高度。

「原來狼族巢穴是在地底下，要是沒瓦特先生帶路的話我可能無法找到。」小紅帽邊說邊看著地道內的建築構造。這巢穴地道的整體形狀看起來跟地精下水道差異不大，同樣是上寬下窄的漏斗形狀，周圍道路環繞整個區域綿延而下，牆壁上同樣掛置著難以數計的火炬，想必地精下水道是仿照巢穴地道建構而成。

「流浪術士知曉我們地精族將無法面對外來敵人的侵犯，所以在城堡下方挖掘了一處避難區，幸好那些凶暴的狼獸人都不在，我們趕緊往下逐一搜查所有地道房間，白毛狼王的軀體一定存放在某個房間裡。」瓦特說完便拿起掛置在牆壁上的火炬往前直行。

小紅帽三人一路往下繞行並巡查所有路過的房間，一路順道而行的來到了地道最底層，底層有一條寬敞且筆直的走道，走道牆壁上被塗上了某種不明的淡紅色顏料，而天花板上則是佈滿著無數顆充滿黃垢的狼族獸牙，整條走道看起來就像是狼獸人的血盆大口。

「應該是這了，走道盡頭的那扇木門後方就是白色狼王藏身之處。」瓦特說著並手指著走道的盡頭處，隨後便帶頭先行走向門扉處。

瓦特先行來到門扉前，伸手想推開門扉卻發現門扉被上鎖，於是轉身回頭對著小紅帽說：「這扇門被鎖住了，那更能肯定那隻白色狼王在這間房間裡面。」

小紅帽也來到了木門前看著這扇門扉，這扇門扉的兩塊木製門板中央處各有半面狼獸人臉像，讓兩塊木板合閉起來剛好是一張狼獸人的臉，而這張狼獸人臉被塗成雪白色，更顯得與別扇門扉與眾不同。小紅帽感覺這門上的狼獸人相貌很像在離開迷霧山脈後，在岩龍洞穴那遇到那位白色狼獸人的容貌。此時地精瓦特來到水妖精身邊對著水妖精輕聲說：「水藍色生物，能請你幫忙把這扇門給切開好嗎？」

小紅帽聽到瓦特對水妖精提出要求才忽然想到，水妖精的雙手臂能變化成鋒利刀刃，確實能輕易對這扇被鎖住的木門進行破壞，於是也趕緊的蹲下面對著水妖精說：「水妖精，請幫幫我們把這扇木門給破壞掉好不好？」

水妖精看似聽不懂小紅帽與瓦特說的話，面無表情的用兩顆水汪大眼看著小紅帽，並開口對著小紅帽緩緩說出：「橡……倫。」

「只會講橡倫，叫牠把門給切開也不切，不知道是聽不懂還是不想幫忙！」瓦特語氣抱怨的說著，隨後又走到門扉前用力推著木門，試圖再嘗試看看是否能推開這扇門扉。

小紅帽再度對著水妖精說：「水妖精，我知道你想見橡倫爺爺，但是如果我沒有進入這扇門扉後的房間裡，去完成必須完結的事情，那我可能無法離開這裡帶你去見橡倫爺爺了。」

水妖精聽完小紅帽的話語後，便獨自來到走道右側的漆紅牆壁，隨即雙手一抖變化成鋒利水刀刃，隨後便對著漆紅牆壁隨意的揮劃了幾下，漆紅牆壁被水刀刃硬生生的割劃成數個區塊後崩塌，崩落的牆壁石塊與地面狠狠碰撞而產生出了陣陣灰霧塵煙，把整個走道區域給覆蓋的不見左右。

「叫牠切木門不切，反而笨笨的跑去切石頭牆壁，咳……咳……就是要把一些灰塵弄上來牠才開心就對了！」瓦特被灰塵霧給嗆的猛咳，雙手也不停的在眼前胡亂揮舞，想來驅離在自身周圍的灰塵沙霧。

小紅帽摀著口鼻瞇著雙眼看向牆壁缺口，在灰濛濛塵霧中看見水妖精跳過在牆壁缺口下的石塊，消失在沙塵瀰漫的塵霧之中，於是趕緊回頭對著地精瓦特說：「地精先生快點過來，水妖精自己已經先跑進去房間了。」

「就讓牠先進去，說不定房間裡有狼獸人在守護著白狼王的軀體，正好先讓那笨笨的水妖精去探探路，如果有狼獸人在裡面也剛好讓笨蛋水妖精順便把牠們給切一切。」瓦特邊說邊走向小紅帽。此時塵霧也逐漸的慢慢散去，小紅帽與瓦特來到了牆壁缺口處。小紅帽一跨過石塊堆後便感覺到氣溫驟降，而眼前房間內的景物更是讓小紅帽吃了一驚。

房間裡的牆角周圍到處佈滿了蜘蛛絲與灰塵，彷彿這間房間很久沒人進出的樣子。而地面上全部舖滿了一層白色細沙石，在白色沙石上插著四根銀製圓柱，每根銀柱上都有雕畫著許多怪異圖樣，有的看起來像文字，有的卻是不曾見聞過奇怪猛獸樣貌。

在這些有著怪異文字與奇特圖案的四根銀柱中間有一隻全身雪白的狼獸人站立在中央，其手腳都各銬著一條金黃色鎖鍊，然而這四條金色鎖鍊分別各自延伸連接在四根銀柱上。白色狼獸人雙眼緊閉看起來在沉眠當中，其身軀彷彿都依靠著這四根銀柱與四條鎖鍊在支撐站立著。

「這隻就是該死的白狼王！長久一來一直欺壓著我的族人！」瓦特從懷中取出一把小石刀，滿臉憤怒的往白色狼獸人面前而去。

「地精先生你想做甚麼！」小紅帽看見瓦特掏出石刀，趕緊在後方拉住瓦特的手臂問著。

「當然是把這隻該死的白狼王給大卸八塊！妳不知道這隻白狼殺死了我多少族人，就算把這隻白狼切成碎片也難消我的心頭之恨！」瓦特雙眼通紅氣呼呼的大聲說著。

小紅帽看見瓦特如此憤怒，於是上前蹲在瓦特面前說：「地精先生，我知道你很生氣，但我必須先達成我來此目的，等我完成目的之後，無論你要做甚麼事我都不會阻止你的，不知道地精先生願意先讓我完成我的使命嗎？」

「好！先讓妳報了殺母之仇，等會兒再換我來報同袍之恨！」瓦特從腰帶間拿出一塊磨刀石，雙腿盤坐的在地面開始磨起了小石刀。

「謝謝你，地精先生。」小紅帽笑著對低著頭的瓦特說完後便轉身面對著白色狼獸人，隨後便從紅斗篷內取出一把短匕首，慢慢走進了四根銀柱的中央區域，雙手緊握著匕首來到了白色狼獸人面前。

「橡……倫！」水妖精看見小紅帽來到身邊後便用手臂刀刃指著白色狼獸人說著。

小紅帽對著水妖精搖頭微笑並用匕首劍身將水妖精的水刀刃給緩緩壓下，隨後便迅速舉起短匕首將兜帽的紅繩給切斷，隨即雙臂伸展的往外一揮，身上所披掛的紅色斗篷隨即沿著身軀迅速滑落了下來。

「啊！」紅斗篷一卸下後小紅帽立即感到全身灼熱、疼痛難耐的大聲叫喊了起來。

「人類女孩妳突然大叫甚麼！妳想要嚇死我啊！」瓦特被小紅帽的喊叫聲給驚嚇到起身大罵。

「橡……倫。」水妖精彎腰撿起紅斗篷遮在小紅帽面前，水汪大眼內呈現出小紅帽痛苦張嘴大喊的表情。此時小紅帽再度大叫一聲後，右手臂隨即往右一揮把水妖精給打飛出去。

「人類女孩妳傻啦！妳為何要揮拳打笨蛋水妖精啊！妳知道妳把水妖精直接打到牆角下了嗎！妳哪來這麼大的力道啊！」瓦特看見水妖精直接被打飛撞到牆壁，於是轉頭對著小紅帽大聲說著。

小紅帽聽見瓦特的話語後立即停止住了喊叫，趕緊轉頭看著牆角邊的水妖精，卻發現水妖精已經被自己給打飛撞到牆壁而暈了過去，但其手掌上仍緊緊抓住自己的紅色斗篷。

小紅帽懊悔想去觀察水妖精的傷勢，但此時臉上表情又立即起了變化，再度發出一聲宏亮的喊叫聲，隨即一絲白煙快速的從小紅帽口中竄出，並迅速鑽入白狼王的雪白身軀裡。白煙脫口而出後小紅帽便隨即癱坐在地上，體內灼熱感覺似乎舒緩許多，臉上表情也不再那麼痛苦。

在後方的瓦特看見小紅帽癱坐在地上並且不再繼續喊叫，於是拿著小石刀上前問道：「人類女孩妳怎麼一脫下身上的紅斗篷後就開始大聲喊叫啊？甚至還打了水藍色生物一拳，妳不是挺喜愛牠的嗎？怎麼……開始討厭牠一直黏著妳了是吧！」

正當瓦特剛走到小紅帽身旁的時候，四根銀柱上的怪異圖形忽然閃耀出一陣白光，待白光散去後四條金色鎖鏈隨即脫落，白狼王的藍紅雙眼也在同一時刻睜開，隨即白狼王右腿一伸踢向瓦特，地精瓦特來不及反應就被踹飛了出去。

小紅帽回頭看見地精瓦特躺在後方牆壁缺口處石塊堆旁不停的小聲哀號，臉上表情則顯得相當痛苦，想必牠那瘦小身軀一定受創甚重。

「血魔法師的女兒，妳千里迢迢從遠方山脈來到我的軀體面前，原本可以毀掉我的肉身致我於死，但想不到妳竟然自己脫下封印斗篷讓我的靈體回歸到本體。」狼王話語一停便瞬間出手掐住小紅帽的脖子，隨後手臂輕輕一舉將小紅帽給舉離地面後繼續說道：「為了顯示本狼王的氣度大量，我允許先讓妳說完原因之後再殺死妳。」

小紅帽雙手抓著狼王的右手臂說道：「我會脫下封印斗篷的原因就是……」

＊　＊　＊

同一時刻，狼獸人大軍開始對聖城展開攻勢，戰狼派出高大壯碩的狼頭巨魔搬來數量眾多的大型木板放在護城河床上供軍隊行走，再派出全數人類配合狼獸人前鋒軍開始對聖城的雙哨前塔做壓制，隨後狼獸人大軍在戰狼與雄獅的領導下來到聖城的城門下。

戰火無情的拉開了序幕，嗜血好戰的狼獸人大軍瘋狂猛攻聖城門牆，高大壯碩的狼頭巨魔紛紛猛捶城門，更有眾多的狼獸人搬來木梯與攻城塔開始攀登城牆，準備登越城牆後來屠殺城池內的人類。

聖城軍隊在聖皇麥爾登與智者法卡克

的領導指揮下開始反擊，寬厚城牆上佈滿著卓越的木弓射手，精準射出搭配有銀製箭頭的箭矢，讓眾多想攀爬上城牆的狼獸人紛紛中箭落地、死傷無數。

雙方投石機具也不約而同的開始運作，有如天降石雨般砸落在雙方軍隊之中。半空之中也互相穿梭著兩軍弓箭射手所射出的致命箭矢，一場人類與狼獸人生存之戰正在如火如荼的持續著。

兩軍混戰持續了三個時辰，狼獸人軍隊猛烈的強攻雙哨高塔，由於聖城軍隊在人數上的差距，使得雙哨塔上的士兵將領無法順利擊退敵軍，左右雙哨塔頓時變得岌岌可危。

「法卡克老師！看來雙哨高塔守不住了！」賈路從右哨高塔觀看情勢後趕緊爬上石梯來到哨塔頂端慌張的呼喊著。

「看來北方的薩滿族人終究還是趕不上這場戰役……」法卡克感嘆的遙望著北方叢林，隨後便轉身回頭對著賈路說道：「吩咐雙哨塔的人員全數退至聖城內。」

「法卡克老師，失去雙哨高塔後，聖城將會變得更難以防守。」賈路心中明白雙哨高塔是聖城的左右雙眼，要是真棄守雙哨塔的話，那敵人必定利用雙哨塔高於聖城的地理優勢來觀看聖城內軍隊配置與移動方向，到那時不管聖城軍隊做何種防禦佈署與反擊攻勢都將會被識破，如此一來將會使得獲勝機率大幅下降。

「這也是無可奈何的局勢，吩咐在左哨塔的艾力王子盡快帶著左哨塔全體人員，準備配合城內軍隊做最後的堅守反擊。」法卡克說完便抬頭閉起雙眼，臉上顯露出無限的哀愁與無奈。賈路不曾看過法卡克老師露出過如此面容，內心也不禁擔憂著這場戰役。

就在賈路低頭失落的準備動身前往左側哨塔同時，一陣有如沉雷般的低沉鼓聲從北方叢林內穿透而出，瞬間讓低著頭的賈路猛然抬起頭來，趕緊慌忙的轉身看著法卡克，此時閉目沉思的法卡克緩緩睜開雙眼並微笑說道：「看來我們北方的朋友到達了。」

此時又響起一陣鼓聲，叢林樹木間出現了眾多薩滿族戰士。他們身披野獸毛皮，手持長矛與鋒利鋼斧，臉頰圖畫著薩滿族的祝福文字，跨坐著長期培養訓練的狂暴野山豬上，浩浩蕩蕩的快速朝著左側哨塔而去。

「沒想到那些北方野人竟然前來攪局！」戰狼觀看著戰況說著。

「不礙事！我帶一支狼斥侯部隊前去消滅那些野人。我會讓那些愚蠢的人類種族知道，任何抵抗都無法改變即將被吞噬的命運。」雄獅說完便立即驅使著狼頭蜥蜴向北方而去，後方一支數量龐大的狼斥侯部隊也隨即移動緊跟在後。中央軍團的狼獸人大軍開始分裂成兩支部隊，一支由戰狼帶領著攻打聖城大門，而另一支部隊則由雄獅帶領著前往對抗北方薩滿族人。

此時薩滿族部隊已經先行到達左側哨塔，並開始對左哨塔下的狼獸人與叛軍進行猛烈突擊。善戰的薩滿族人與塔內艾力王子所帶領軍隊內外配合下，很快便擊退了攻打左哨塔的敵軍，並吸收一些脫離了狼獸人的掌控後而歸順加入於聖城軍隊叛軍。

「怎麼不早一點來！非要等到緊張時刻才出現。」艾力王子在哨塔下遇見了庫傑，於是對著庫傑開玩笑的說著。

「我也想早點來啊！都是耶妮亞說要準備的十分齊全才能出部落，才會讓我到現在才有殺敵數的出現！」庫傑語氣抱怨的回應著艾力。

「耶妮亞人呢？沒跟你在一起嗎？」艾力東張西望後對著庫傑詢問著。

「她啊……」就在庫傑說話的同時，在右側哨塔不遠處的草原峽谷也傳來一陣低沉鼓聲，另一支薩滿女子部隊從草原峽谷中奔出，並迅速的來到了右側哨塔用恐懼幻術擊退了叛軍與狼獸人，使得左右雙哨塔在薩滿族人的幫助之下暫緩了棄塔危機。

「感謝妳耶妮亞！還有感謝眾多的薩滿族人出力相助。」法卡克出了右側哨塔與耶妮亞會合。

耶妮亞對著法卡克點頭後便望著接近北方叢林的左側哨塔，此時法卡克也跟著觀望左哨塔後說著：「狼獸人大軍有將近一半兵力前往攻打左哨塔，看來能不能守住左哨塔將是這場戰役的關鍵。

走吧！耶妮亞！我們去攻擊戰狼所帶領的狼獸人主力部隊，只要中央部隊潰敗亂了陣型的話，那我們便有了致勝的機會。」

法卡克跟賈路與耶妮亞的部隊整頓後便開始朝著狼獸人中央部隊而去，此時雄獅所帶領的部隊也已經到達了左哨塔，並開始與左哨塔下的守備軍隊展開激烈對戰廝殺。

雄獅像發了狂似的進入敵陣，口中發出驚人的吶喊聲，無數長矛與鋼斧紛紛在牠的重壓下瓦解，狼族雄獅在人海之中展現出牠優越的戰鬥能力。

在不遠處的另一地區，庫傑雙手持握兩柄鋼斧在敵軍中如入無人之境，斬殺了無數的狼族，充分發揮出薩滿族人驍勇善戰的作戰能力。

一名人類戰士與一名狼斥侯同時倒下，庫傑與雄獅的目光同時對焦到彼此。兩人不約而同的開始慢慢走向對方，行進間兩人的目光始終都沒偏離，兩人所散發出肅殺氣息就連眼前在纏鬥的人都立即退開讓路。

「野人！來體驗何謂恐懼吧！」雄獅語氣挑釁，似乎把眼前之人給看得如薄紙一般、一撕即破。

「就拿你來當我第三十個殺敵數吧！」庫傑語畢身動，手中鋼斧隨著手臂的擺動而劈向雄獅，雄獅也立即舉起手臂用拳套上的黑色利爪刺向庫傑。黑色利爪與鋒利鋼斧在半空之中互相碰撞，雙方所發出的力道之大，讓武器金屬在猛烈碰撞後產生出爆裂火花，同時也讓兩人手臂都感受到劇烈的麻痺感，隨即兩人都同時向後跳躍一步拉開距離，但手臂的麻痺感讓兩人同時都在內心之中暗暗稱奇。

就在兩人互相僵持之時，艾力也從人海中看見了庫傑並且手持著長劍來到了庫傑身旁輕聲的說：「趁牠只有一個人沒幫手，我們一起攻擊幹掉牠，等等你主攻右邊，而我則負責打牠左側，等我暗號我們就開始行……」艾力無法把要對庫傑所說的話說完，因為艾力發現雄獅身旁忽然多出十幾名前來支援幫忙的狼斥侯，一時之間要說的話立刻卡在咽喉間。

「暗號是甚麼？」庫傑依然緊握雙斧說著。

「暗號就是……快跑！」艾力說完便趕緊拉著庫傑的手臂向後急退，身後的雄獅發現敵人退卻也立即發出怒吼準備向前追擊。就在雄獅剛跨出一步向前追擊時，一道黑色身影瞬間彎腰俯身的出現在雄獅面前，並將手握的闇影之力狠狠擊向雄獅腹部，雄獅受到闇影之力的強烈衝擊，身上的黑甲胄立即碎裂剝落、雙眼翻白，嘴角邊流出少許的鮮紅血液後便倒躺在地、沒了氣息。身旁十幾名狼斥侯見到如此景象紛紛的感到害怕、趕緊逃離。

「我的老婆來救我了！」艾力回頭看見是莉蓮娜來到了戰區，於是開心微笑的說著。此時莉蓮娜緩緩站直身子後便猛然回頭對著艾力一瞪，艾力看到莉蓮娜露出如此凌厲的眼神後便深感恐懼立即跳到庫傑身後躲了起來。

「你在敢亂說話的話，小心闇精靈小姐把闇影之力打在你身上。」庫傑稍微轉頭對著躲在背後的艾力說著。

「闇精靈美女，妳們不是被困在千窟巖洞無法出來嗎？怎麼妳會出現在這裡呢？」艾力雙眼從庫傑的肩膀邊緣微微露出。艾力不敢把頭給露出太多，深怕眼前這位冷酷的闇精靈美女真會對自己出手。

只見莉蓮娜把手一舉指著狼獸人中央軍團正後方的平原處，此時在平原上的陰暗處出現了眾多體型高大身影。在這些高大身影腳邊還有為數眾多的矮小身影，他們在日光照射不到的平原上快速朝著狼獸人中央軍團前進，不一會兒時間便越過了陰暗的平原來到了護城河邊。

「這些狡猾自私巨魔怎麼會去幫助毫無交集的闇精靈族呢？」戰狼不敢置信眼前景象，巨魔族竟然跟著在前方帶路的闇精靈族，就連膽小如鼠且相當懼怕狼獸人的地精一族也鼓起勇氣跟著前來戰場，到底是何種力量驅使他們合作相助並且前來支援人類。

巨魔、地精、闇精靈部隊並沒有停下腳步，絲毫沒有給戰狼的中央軍隊有任何迎擊準備時間。

巨魔王帶頭拿著堅硬石棒率先破陣長驅直入，闇精靈以俐落的身手在戰場內穿梭來去，矮小地精一族的竹管則是不停射出沾有「睡眠花」液體的樹針，讓中針者立即癱軟倒地、呼呼大睡。

狼獸人中央部隊受到闇精靈聯合軍的重擊死傷慘重，艾力與庫傑跟莉蓮娜將左哨塔下的敵軍擊潰後也加入了攻打狼獸人中央軍隊的行列。法卡克帶著賈路跟耶妮亞也迅速的從右哨塔直衝狼獸人中央軍團，聖城軍隊此時也在聖皇領導下衝出城門配合圍剿中央軍團的狼獸人。

狼獸人中央軍團受到四面圍攻、潰不成軍，戰狼在敵陣裡奮力的掙扎數刻之後，最後因體力不支而被聖皇斬了首級。一場史無前例混合種族的合作就在狼獸人全數被殲滅後劃下完美休止符。

戰役取得勝利後，巨魔族完成了允諾的請求後便回到了礦山繼續挖掘發光礦石。而人類部隊與闇精靈族隨著地精一族來到狼族巢穴尋找小紅帽一行人，但始終尋找不到小紅帽一行人，就連藏匿在狼族巢穴內的狼王軀體也不見蹤影。於是人類幫助了地精一族重新在狼族巢穴上興建一座堡壘供其居住，而闇精靈族也恢復以往一樣保持神祕的居住在千窟嚴洞中，薩滿族人也回到他們那廣闊森林大地上過著安靜祥和的美好日子。

* * *

「吵著要聽故事卻早已睡著。」老奶奶微笑說著並親吻一下熟睡中的男孩，隨後便轉身走到木桌前提起那盞尚未熄滅的油燈走出房外。

「等很久了吧！」老奶奶在房外碰見神祕的黑斗篷女子，於是微笑的對著神祕女子說著。

神祕女子此時將手握的水藍匕首遞往老奶奶面前說道：「倒是讓我聽了一個女孩的奇幻故事，算是不枉費我在此等待的時間。不過我倒是想聽完這位故事中小女孩在狼王巢穴的後續過程。」

老奶奶微笑的收下水藍匕首後說道：「走吧！邊走邊說！」

在漆黑的星空下兩人來到了一座墓碑前，老奶奶先將油燈放置在墓碑左方的地面上，隨後把水藍匕首放置在墓碑正前方的供奉台上。身旁神祕女子在此時也將頭頂的黑色兜帽給掀翻向後，露出了冷酷唯美的闇精靈容貌。

老奶奶隨後再從衣物的腰袋中取出一本小手札本，輕輕跟供奉台上的水藍匕首放在一起後說道：「橡倫爺爺……小紅帽帶著水妖精與莉蓮娜來看您了。」

【撰寫者手札】

「我原諒你，我不會殺你來替我的母親報仇，但我也不希望你陪我死。所以我才必須在我生命達到盡頭前趕來這裡釋放你，這樣至少還能挽救一條性命，不至於你得陪我一起死亡。」狼王聽到這樣的回答便在內心起了掙扎，殺母仇人就在眼前竟然不想復仇，還笨到不顧自身性命的跑來拯救仇人性命。此時狼王也回憶起了流浪術士的教誨，腦中種種思緒在此刻不停的互相碰撞浮現著。

狼王抬頭靜靜的回憶著，原本兇惡至極的容貌也漸漸變得溫馴祥和，狼王緩緩放下了手中的我並且說出：

「小女孩……感謝妳釋放出我體內所蘊藏的原始靈魂……」狼王說完後便立即釋放出了靈魂飄出房間，而軀體卻在此時化做無數光點消散在四根銀柱的空隙之中。

這時我也在狼王軀體消散後倒在地上，而地精瓦特拖著重傷勉強行走來到我的身旁。但瓦特發現躺在地面上的我正在快速老化，顯然是十四年的生命已到了盡頭，所以才會有如此的現象出現。雖然瓦特得知我迅速老化的原因，但瓦特卻是束手無策，只能眼睜睜的看著我持續老化。

就在瓦特內心焦急萬分、一籌莫展的時候，水妖精也拖著傷勢來到了我身旁。水妖精看著持續老化的我，隨即右臂變化成一根尖細的水針形狀，並對準了我的心臟處緩緩刺入。

瓦特原本想阻止水妖精的行為，但卻發現在水針刺入心臟後的同時，水妖精體內的藍色血液竟然快速透過水針傳輸到我體內。

瓦特看見藍色血液進入到我身體後，我就漸漸的停止了老化現象。但瓦特也發現到水妖精自身的藍色血液即將用盡，水妖精要是將全身血液都傳輸給我的話那水妖精必死無疑。於是趕緊向前一撲將水妖精給撲倒在地，不讓水妖精繼續給我灌輸血液。

我在此時也漸漸的回復了意識，但是身體卻處於僵硬狀態、無法動彈。瓦特察覺到我恢復意識於是趕緊起身來到我身旁想把我給拉起，但是我身軀重量對瓦特來講已經超過牠所能負擔的程度，於是瓦特趕緊左右張望尋找有無其他可拿來利用的物品。

我全身僵硬的現象很快就得到了緩解，於是趕緊起身跑到水妖精身旁並抱著水妖精。卻發現水妖精一臉憔悴，水汪雙眼也喪失了原本的清澈水藍，並且不在反射著眼前所見景物。我心裡知道水妖精流失掉太多血液已經難以挽救，於是緊緊抱著水妖精哭泣了起來。

只見水妖精舉起手臂輕輕將我眼角邊的淚水拭去，最後用盡剩餘的自身血液幻化成一把水藍匕首掉落在地面。

我悲傷的撿起了水藍匕首轉身回頭面對著瓦特，此時瓦特發覺到我老化現象雖已停止，但容貌卻沒有恢復到該有的年輕面容，使得我現在看起來像是一位年邁的人類老奶奶。

瓦特攙扶著身體處於衰弱狀態的我走出狼族巢穴，也在路途中詢問了我為何不想替母親復仇，然而虛弱的我給瓦特回答是：「殺戮不是終結仇恨的辦法……寬恕才是……」

培育文化

奇幻魔法 10

紅袍戰記

作者　周俊賢

責任編輯　周俊賢

美術編輯　蕭若辰

封面/插畫設計師　STARK

出版者　培育文化事業有限公司

信箱　yungjiuh@ms45.hinet.net

地址　新北市汐止區大同路3段194號9樓之1

電話　（02）8647-3663

傳真　（02）8674-3660

劃撥帳號　18669219

CVS代理　美璟文化有限公司

TEL／(02)27239968

FAX／(02)27239668

總經銷：永續圖書有限公司

永續圖書線上購物網

www.foreverbooks.com.tw

法律顧問　方圓法律事務所　涂成樞律師

出版日期　2014年6月

國家圖書館出版品預行編目資料

紅袍戰記 / 周俊賢著. -- 初版. --

新北市 : 培育文化, 民103.06

面 ;　公分. -- (奇幻魔法 ; 10)

ISBN 978-986-5862-31-2(平裝)

859.6　　103007553

※為保障您的權益，每一項資料請務必確實填寫，謝謝！

姓名		性別	□男　□女
生日	年　月　日	年齡	
住宅地址	郵遞區號□□□		
行動電話		E-mail	

學歷

□國小　□國中　□高中、高職　□專科、大學以上　□其他＿＿＿＿

職業

□學生　□軍　□公　□教　□工　□商　□金融業
□資訊業　□服務業　□傳播業　□出版業　□自由業　□其他＿＿＿＿

謝謝您購買 紅袍戰記 與我們一起分享讀完本書後的心得。務必留下您的基本資料及電子信箱，使用我們準備的免郵回函寄回，我們每月將抽出一百名回函讀者，寄出精美禮物以及享有生日當月購書優惠！想知道更多更即時的消息，歡迎加入"永續圖書粉絲團"

您也可以使用以下傳真電話或是掃描圖檔寄回本公司電子信箱，謝謝！

傳真電話：（02）8647-3660　電子信箱：yungjiuh@ms45.hinet.net

●請針對下列各項目為本書打分數，由高至低5～1分。

	5 4 3 2 1		5 4 3 2 1
1. 內容題材	□□□□□	2. 編排設計	□□□□□
3. 封面設計	□□□□□	4. 文字品質	□□□□□
5. 圖片品質	□□□□□	6. 裝訂印刷	□□□□□

●您購買此書的地點及店名＿＿＿＿＿＿＿＿

●您為何會購買本書？

□被文案吸引　□喜歡封面設計　□親友推薦　□喜歡作者
□網站介紹　□其他＿＿＿＿＿＿＿＿

●您認為什麼因素會影響您購買書籍的慾望？

□價格，並且合理定價是＿＿＿＿＿＿　□內容文字有足夠吸引力
□作者的知名度　□是否為暢銷書籍　□封面設計、插、漫畫

●請寫下您對編輯部的期望及建議：

2 2 1 - 0 3

新北市汐止區大同路三段194號9樓之1

傳真電話：（02）8647-3660
E-mail：yungjiuh@ms45.hinet.net

廣　告　回　信
基隆郵局登記證
基隆廣字第200132號

培育

文化事業有限公司

讀者專用回函

紅袍戰記

培養文化育智心靈的好選擇